ふるさとは近きにありて惟《おも》うもの

――杉田泰一文学論考・エッセイ集

杉田泰一

22世紀アート

文体も、文の長短も、
　統一されてない
ふぞろいの文章が、
まるで雑木の林のように、
　乱立している。
そのなかに、雑草の生い茂る
　一筋の道がある。
古き里への、
　道である。

序にかえて　――あどけない話――

富士にはさまざまな顔がある。時刻によって場所によってその景観もさまざまである。だから、どこからみても富士は眺めてあきない。

しかしそうはいっても、富士はやはり右斜面に宝永山の、斗出部のある姿にかぎる。最も美しいからというのではない。美観という点ならば、ほかの場所からの眺めの方が余程いい。山頂あたりからの、日の出の景観はまさに絶景である。すぐまのあたりに迫ってくる、雪化粧の富士の姿もまた絶品である。全く筆舌には尽くしがたい。それなのに、こうした富士にはなにかが欠けているような気がして、なぜか落ち着かない。どこかとり澄ましていて、異士にいるような、よそよそしい感じなのである。

ところが斗出部のある富士にはどことなく親しみがあり、安心感がある。富士が大地にどっかと根を張っているような、借りものではない、ほんものの実在感がある。それだけに斗出部のある富士こそ本当の富士山のような気がするのである。

半世紀以上もの間、私がいつも眺めつづけてきたのは斗出部のある富士であるし、幼児の頃から富士山といえば、かならず山頂に三つの山並みと、右斜面に宝永山のある富士の姿を描いてきた。いってみれば、ただそれだけのことである。斗出部のある富士への私のこだわりは、人からみれば、全く「あどけない話」である。

ところで高村光太郎は、昭和三年に、智恵子についてこう詠じている。

智恵子は東京に空が無いといふ、
ほんとの空が見たいといふ。

そしてさらに、こう詠じている。

智恵子は遠くを見ながら言ふ、
阿多多羅山の山の上に

毎日出てゐる青い空が
智恵子のほんとの空だといふ。

光太郎からみれば、これも「あどけない空の話」である。東京にだって空があるではないか。「櫻若葉の間に在るのは、／切っても切れない／むかしなじみのきれいな空だ。」「どんよりけむる地平のぼかしは」、まぎれもなく「うすもも色の朝のしめり」ではないか。光太郎にはどうも腑に落ちない。

往々にして、こだわりというのは、人からみれば、あどけない話である。「おふくろの味」「ふるさとの味」などの、ふるさとへのこだわりも、たぶんに、こうしたあどけない話なのかも知れない。

それにしても智恵子のあどけない話には、ふるさとによせる彼女の、なにかしらひたぶるな想いが感じられる。それだけに、たわいない話ではなかったのではあるまいか。ひょっとしたら、そこには、なにかのっぴきならぬものが所在していたのかも知れない。

昨今人びとはしきりにふるさとを求めている。あちこちでふるさと創生、村おこし、町おこしが行われている。知が最優先される今日にあって、ふるさとのもつ意味が再認識されたからであろうか。それらの事業が過疎化を防ぐためのたんなる手段だとしたら、ふるさとの意味はまだ包み隠されている。ふるさとの意味とはなんであるのか、そう簡単には答えられないだろう。しかしふるさとの喪失が人間の情緒的側面の荒廃を招くとすれば、われわれにとって容易ならざる事態である。

現代の都会化は便利さだけが優先されて、ふるさと的なものの喪失を招いている。それだけに都会化が進めば進むほど、ふるさとにまつわる、あどけない話がますます語られるにちがいない。だが、あどけない話は、たわいない話とひとつものではない。あどけない話には、われわれ自身が切り捨てながら、それでいて心の底のどこかで渇望しているなにかが脈打っているような気がする。

光太郎は「あどけない話」から九年たった昭和十二年に、智恵子についてこう詠っている。

智恵子はくるしみの重さを今はすてて、
限りない荒漠の美意識圏にさまよひ出た。

わたしをよぶ聲をしきりにきくが、
智恵子はもう人間界の切符を持たない。

（「値ひがたき智恵子」）

人間界の切符をもたなくなった原因がどこにあったのか、その真相は定かではないが、「あどけない話」は彼女の人生にとってかなり重い話であったような気がしてならない。してみると、人びとの語る「あどけない話」の裏面には、「たわいない話」としては片付けられない問題が潜んでいるのかも知れない。

（平成十二年三月）

目次

二　平成十四年　――　平成二十年　80

一　昭和六十二年　――　平成二年

1　後久川今昔の感

わたしが生まれたのは旧東海道沿いの片田舎である。幼い頃は旧道沿いに二・三の駄菓子屋と農家が軒を並べていただけで、あたりは一面田畑が広がっていた。田のなかを東海道本線が通っていて、戦後間もない頃には、買いだしの人たちが鈴なりになって汽車に乗っていく光景をしばしば眼にした。

わたしの家の南側に、幅五・六メートルの川が流れていて、昔は木造の橋がかかっていた。小学校は線路のさらに南側にあったから、わたしたちはこの木造の橋を渡り、踏切を渡って、途中に笹竹の生えた天井川沿いの淋しい一本道をわら草履をはいて通学していた。

「ふるさと」ということで、わたしがかぎりない郷愁を感じて思い描くのは、この木造の橋のかかった川を中心にした風景である。この川は、かなり昔「御給川」と呼ばれていたということであるが、それがなぜ「後久川」になったのか、そのへんのところはよくわからない。とにかくわたしたちの十四・五歳までの生いたちを考える時、この後久川をぬきにしては考えられない。それほどこの川は幼いわたしたちの、生活圏の主要な部分を占めていたのである。

川にはさまざまな魚が棲息していた。春になると、十センチ程のボラがのぼってきた。太めの針のような鰻の幼魚が、数多く水面に浮かぶように泳いでいることもあった。子どもたちの獲物はたいてい、もろこや鮒であるが、時には鯰や鰻も釣れることがあった。土手の石積みの崩れたところにはスッポンも棲息していた。アメリカザリガニをはじめて捕らえたのもこの川である。とくに脱皮した時の、あのやわらかいコンニャクのような肌ざわりは今でも指先の感覚に残っている。幼いわたしたちにとってこの川は自然の宝庫であった。

しかし今は昔の面影はどこにもない。この川もドス黒い廃油の流出で死滅し、今はコンクリートで固めたたんなる排水路にすぎない。このあたりはそれほど変貌したのである。この変貌を自然破壊というのは少々神経過敏なのかも知れない。だが、こうした事態が自然とのじかの触れあいをわたしたちから遠ざけたことはまぎれもない事実である。知が最優先される現代社会の、情緒的側面の荒廃はひょっとしたらこうしたことにも起因しているのではあるまいか。「ふるさと」を喪失した人間がこの先どこへゆくのか、ゆき着く先はわからない。――ただ、知だけによる構図はなんといっても殺風景である。

（昭和六十二年度「補導だより」第一号）

2　他者理解 ――苦いおもいで

他者についてのわたしの理解がはたして他者そのものに的中しているものであるのかどうか、疑問に思うことがある。もしかしたら、わたしの他者理解には他者に対するある種の感情が先行していて、その感情によって理解そのものがすでに歪められてしまっているのではあるまいか。いわば他者についてのわたしの理解は、私的感情の枠組みのなかでいつもすでに動いていてそうした私的感情によって着色されてしまっているのではなかろうか。そうであれば、こうした理解に基づく他者についてのわたしの判断は、わたしが勝手に他者に貼りつけたレッテルにすぎないのではあるまいか。こうした疑念がわたしを襲うのである。

わたしにはひとつの苦いおもいでがある。中学時代のことである。同じクラスに、あまり学校にでてこない学友がいた。彼とは家が近いということで、受持ちの女教師から「学校からの通知」などいろいろなことを頼まれた。そのうえ、この年配の女教師はわたしに彼を学校へ連れてくるようにいつもいっていた。ところが女教師の思惑はことごとくはずれていった。彼はあいかわらず川や土手で遊んでいて、学校には時たましか姿をみせなかった。女教師の言付けで彼の母親にその旨をいうと彼はきまってひどく叱られた。そうしたことで彼から恨まれたこともあった。——もうこれ以上彼のことで女教師から用事を言付けられるのはできることなら避けたかった。

ある日、わたしは女教師に呼ばれて職員室に入っていった。その時「また彼のことか」と思い、少々いやな気持ちになった。その気持ちが顔にでたのであろうか。女教師はわたしの顔つきをみて、「あんたは個人主義者だ！」ときめつけた。個人主義者というのはエゴイストのことをいっているらしかった。ひとたびこうしたレッテルが貼られると、わたしの行動はすべてこのレッテルに関連づけられて解釈された。わたしの行動はことごとく個人主義者の、意味内容からいえばエゴイストの行動様式を表明しているものと断定されたのである。

こうした悪評は友人たちの間に次から次へと広がっていった。そしてその悪評はいつの間にかわたしが突き破ろうにも突き破ることのできない壁をわたしのまわりに張りめぐらしてしまった。いつも「彼は個人主義者だから」といわれた。もはやわたし自身の力ではどうすることもできなくなった。わたしは他人の評価のなかに閉じ込められてしまったのである。

そうなると奇妙なもので、わたし自身他人から押しつけられた評価どおりにみずから行動しているようにさえ思えてきた。いわば他人によって貼られたレッテルどおりに自分がなっているのではないか。わたしはそう感じるようになった。――いかんともしがたい事態であった。やがてこの事態は、女教師がどこかへ転出したことによって自然と解消したが、しかしこのことは、今でもわたしの心に焼きついている。

今、わたしは教育者の立場にある。わたしにはこうした苦い経験があるだけに、他者理解には慎重にならざるをえない。うかつに他者にレッテルを貼るようなことをしてはならない。そう思えばこそ冒頭のような疑念がわたしを襲うのである。他者をいかに理解するか、わたしにとっては重要な問題である。それだけに教育活動は、なによりもまず真の他者理解をとおして、ひとりひとりの個性を活かす方向で行わなければならないと思うし、そうあるべきだと思っている。

（昭和六十二年五月「木犀だより」第二号）

3 「父は永遠に悲壮である」

表題の、このたった一行の文章は萩原朔太郎が昭和十年に発表した散文詩である。朔太郎四十九歳の時である。この一行詩に、昭和十一年の「母」と題したアフォリズムを重ねると朔太郎の境涯が彷彿としてくる。彼はそのアフォリズムをこう書きだしている。「今日の家庭に於て、母は完全の「他人」である。その良人とも、その子供とも、彼等は精神上に別居してゐる。」

そこで母たちはひとりぼっちのわびしさから子どもたちと「共感」し、そして子どもたちの父に「叛逆」を試みる。こうして「一つの家庭連盟から、いつも父だけが取り残される。」父は皆から憎まれる。それでも父は「自己の敗戦を意識しながら、しかも家族制度の責任者として、人倫の最後の要塞を守ろうとして苦戦してゐる。父の戦いは悲壮である。」

朔太郎が結婚したのは、大正八年三十三歳の時である。大正六年に処女詩集『月に吠える』を刊行し、名声をえていたとはいえ、経済的にはまだまだ父親の援助を受けざるをえない状態にあった。そうした状態にありながら、大正十四年彼は妻子三人を連れて上京した。憧れの都会の生活が、ここに始まるのである。だが、東京での生活は彼が思い描いていたようなものではなかった。「田舎の父から、月々六十円もらふ外、私自身に職業がなく、他に一銭の収入もなかつた。」「それで妻と私と、子供二人が生活するのは容易ではなかつた。」子供たちは「毎日熱病のやうに泣き叫んで居た。」そして「妻は妻でわめきながら、餓鬼どもの尻をひつぱたいて居た。」こうした状態で、彼は「賣れない原稿を手に抱へて、毎日省線電車に乗り」出版社を訪ね歩く生活を余儀なくせざるをえなかったのである（「ゴム長靴」）。

――やがて結婚生活の破綻がおとずれる。そこには、さまざまな要因が絡みあっていたにちがいない。原因の一半はむしろ朔太郎にあったのかも知れない。

妻は二人の娘を残して、若い恋人とともに彼のもとを去っていった。昭和四年のことである。一家離散だけは避けなければならない。二児をかかえて、彼は父母のいる故郷へと帰っていった。しかし彼が頼りにしたその父も翌年病没した。享年七十八であった。家督を継いだ父の決意は、悲壮であった。だが、その父の父もまた悲壮であった。

わたしの父は昭和十六年七月に徴兵され、一時名古屋に駐屯していたが、やがて貨物列車で運ばれ、満州へ渡った。たすきをかけた仰々しい見送りはなかった。満州の各地を転戦したのち終戦。昭和二十年旧ソ連軍の捕虜としてシベリヤで重労働に従事した。昭和二十二年四月二十八日父は帰ってきた。乞食同様のみすぼらしい姿であった。二十八歳から三十四歳までの、この六年間父はなにを思っていたであろうか。国家のことか、家族のことか。今は聞くすべもない。わたしたち子ども四人を貧しい家計のなかから大学までやって、これからという時に突然他界した。だから父は孫の顔も知らない。——思えば、わたしの父も悲壮であった。

今、わたしは当時の朔太郎と同じ年齢に達している。だが、わたしには人に誇れる、めぼしいものはなにもない。子どもたちにとっては最も平凡で意気地がなく、ぐうたらな父である。家での毎日はだらだらしていて、ぴりっとしまるところがない。テレビの前に横になり、野球観戦で一喜一憂する、時にはそのまま寝てしまうこともある。「父は疲れはてているのだ。」こうした同情は子どもたちにはまるでない。こんな父の姿に子どもたちはむしろうんざりしているのである。妻は妻で、もっと厳しい眼差しをわたしに向ける。「わが夫であるならば、家のなかでも毅然としていてほしい。」妻はそう思っている。この思いと現実との断層が彼女を苛だたせる。自然と、言葉のはしばしに刺を含むようになる。それがこちら側には皮肉として伝わってくる。それだけではない。やがてそれは反逆になる。反逆になれば、わたしはどうしても苦戦を強いられる。しかしそれでもなお父であるかぎり、家族を支えるために懸命にはたらかなければならない。――「父は永遠に悲壮である。」

（昭和六十二年六月「附中だより」第五十二号）

4　「これでよい」

エス・イスト・グート――これがカントの最後の言葉であった。一八〇四年二月十二日、カントはこの言葉を残して八十歳で世を去った。通説によれば、彼の門下生がブドウ酒を水で甘く割った飲みものを与えたところ、いくぶん元気をとり戻して、はっきりとはしなかったが、わかるようにこの言葉を発したということである。

後年この言葉はある重みをもって翻訳されるようになった。カントの精神的偉大さと、かのつつましく規則正しい生活ぶりからみて、それも無理からぬことかも知れない。カントは「これでよい」といって世を去ったというのである。しかし状況から推察すると、別様にも聞きとることができるのではあるまいか。

「飲みものは十分頂いた、もう結構だ。」——こういう意味で、カントはエス・イスト・グートといったのではなかろうか。実は、そのようにも聞きとれるのである。しかしそうとると、この言葉は全く平凡な言葉になる。そこにはどうみても深遠な意味合いが宿る場所がない。ところが、「これでよい」ということであるならば、それはさまざまに解釈されるけれども、聞きとりようによっては、ある種の深遠な意味合いがそこに籠っているように聞こえてくる。カントが最後に自分の生涯をふりかえり「これでよい」と自分の人生を肯定して、人生になんの悔いるところなく静かに世を去っていったようにも聞きとれるのである。実にカントならではの話である。わたしならば、臨終でたとえどんな立派なことをいってみても、そう重々しくは人は聞かないだろうし、あの男は死ぬまで格好をつけているといわれるのが落ちである。まさにカントならではの話である。

カントはもともと虚弱であったらしい。そのために厳しい自己規制を必要とした。朝五時の起床と夜十時の就床は老齢にいたるまで厳しく守られたということである。

カントの散歩の話も有名で、散歩するカントの姿をみてケーニスベルク（旧ソ連領・カリーニングラード）の人びとは時刻を知ったという。それほどカントは時間には正確だったということである。

またカントは人間の弱さや脆さを十分心得ていて、それと戦う強い意志をもち合わせていたというから、カント自身がカントの芸術作品であるかのように思えてくるが、そう思うことがそれほど奇妙な気がしない。

ところで、言葉には語る人の人格が宿る。だから同じ言葉であっても、語る人によって言葉の重みが異なるのである。カントの言葉には重みがある。カントの伝記を知れば知るほど、エス・イスト・グートは「これでよい」という意味で解したくなる。

カントの偉大さには、どうみても近づき難い。しかし、たとえそうであっても、せめて「わが人生、これでよい」といえるように生きたいものである。

（昭和六十三年一月「木犀だより」第四号）

5　会者定離

別れはどんな別れでもつらいものである。とくに親しい人との別れは身を裂くような思いがする。万感胸に迫って涙することもある。しかし会うものはかならず離れなければならない定めにある。別れの時がいつかはくる。いかなる人もこの定めを避けてとおることはできない。世にはなにひとつとして無常でないものはないからである。

四月八日（昭和六十二年）のことだったと思う。とある寺院の門前で甘茶を頂いて帰途についたが、旅館への道をどうもまちがえたらしいのである。私製の地図をたよりにしているのだが、それらしい道がわからない。そこへ同じように道をまちがえたらしいグループが通りかかった。内心ホッとして「君たちも道をまちがえたのか」とたずねると、「ええ」という返事であった。「わたしも連れていってくれ」ともいえず、黙って後についてゆくことにした。ところが、彼らは実に足がはやい。信号機のところでとうとう姿を見失ってしまった。しかし、いくらかでも後についていったおかげで、ようやく旅館にたどりついた。まさにたどりついたという感じであった。あまりにもみじめな姿だった。

旅装をときながら先程のさわやかなグループのことを思い、陰ながら彼らに感謝した。階下では他のグループがぞくぞくと到着しているらしい気配がした。

――思えば、あれからほぼ一年たったことになる。修学旅行で行動をともにした三年生諸君はもうこの三月には卒業していくのである。ふと惜別の想いが胸をよぎる。会うものは離別しなければならない。定めではあっても、それはつらいことである。しかし、別れは門出でもある。だから校門を去りゆく諸君にこういってやりたい。

「附中の三年間で培ったものを、それぞれ大切にして、明日にむかって大きく羽ばたいてほしい」と。

（昭和六十三年三月「附中だより」第五十四号）

6 「晩期大成」

室生犀星の『抒情小曲集』に「寺の庭」と題された四行詩がある。

つち澄みうるほひ
石蕗の花咲き
あはれ知るわが育ちに
鐘の鳴る寺の庭

奥野健男によると、室生犀星全集の編集会議の席上で三好達治がこの詩に言及して「これこそ天才の詩だ、犀星以外の誰が〈つち澄みうるほひ〉というようなイメージを発見し、詩に表現できただろうか」とくり返し述べたということである（奥野健男『〃間〃の構造』）。この指摘は奥野にとって霊感ともいうべき衝撃的なものであったらしい。

なるほど奥野自身もふれているように、〈つち澄み〉というのは、考えてみれば、「矛盾した奇想天外な表現」である。土というイメージは、澄みとは正反対の、にごりの要素をわれわれに抱かせる。水に土が混じれば、水はにごり汚れる。土埃がたてば、空気は汚れ、窓ガラスはきたなくなる。逆に、土が沈殿すれば水は澄み、土埃がおさまれば空気は澄む。澄むという動詞は水や空気には結びつきやすいが、土にはなじみにくい。それなのに詩人は〈つち澄み〉というのである。

しかし〈つち澄みうるほひ〉という表現に違和感はない。それどころか、土が湿り気をおびて、しっとりとした、静かな、それだけに落ち着いた佇まいの情景が眼に浮かんでくる。夏の夕立ちなどの後に感ずるような、あのすがすがしい自然の景観が眼の前にたち現われてくる。こうした景観を、詩人は〈つち澄みうるほひ〉という言葉に定着させたのである。まさに詩人ならではの表現である。ただし、詩の景色は、秋から初冬にかけてである。

ところで、しばらく前、本を読んでいたら「耳ざわりのよい」という言葉に眼がとまった。この著者は舌ざわり・手ざわり・肌ざわりなどから連想して「耳ざわり」に「よい」という語を附加したにちがいない。それにしても、どうも気になる。たとえば真夏・真冬というからといって

「真春」・「真秋」とはいわない。春は爛漫であり、秋はたけなわである。なるほど舌ざわり・手ざわり・肌ざわりなどは、それだけでは「よい」のか「わるい」のかよく解らない。しかし「耳ざわり」・「目ざわり」などはそれだけで「わるい」意味ではないだろうか。耳・目などの「さわり」はどうみても「障り」なのではあるまいか。そうであれば「耳ざわりのよい」というのは全く奇妙な表現である。

しかし、そうはいっても、「耳ざわりのよい音楽」という言葉を聞いて、その音楽にぴったりの表現だと思う人がいるかも知れない。言葉は生きているわけであるから、そう思う人がいても不思議ではない。それにしても気にかかる表現である。

わたしもかつて奇妙な表現を用いたことがある。若いころは目立たなくても、大才はのちになれば大成することを、よく大器晩成というが、考えてみれば、それは大器であって小器ではない。これでは小器には努力のかいがないではないか。小器だって努力を積み重ねていけば、あとでそれなりに大成するのではないのか。そうとでも思わなければ、わたしなどはやりきれない。そこで思いついたのが表題の「晩期大成」である。これならば、小器であっても一向にかまわない。

しかし、教養ある人たちから一笑にふされて以来、この言葉は一度も使っていない。「晩期大成」は今やわたしのなかだけで通用している言語表現なのである。

（昭和六十三年五月「木犀だより」第一号）

7　凧

凧きのふの空の有りどころ

日だまりで暖をとりながら、ふとみあげると凧が揚がっている。思えば昨日《きのふ》も同じところに揚がっていた。どこかで子どもが揚げているのだろう。冬の日の、厳しいがそれでいてほのぼのとしたものが漂う句である。ちなみに、この凧は「いかのぼり」である。

蕪村のこの句について、萩原朔太郎は「蕪村の最も蕪村らしい郷愁とロマネスクが現はれて居る」と評している。朔太郎によれば、「きのふの空の有りどころ」という言葉の、その深い情感にすべての詩的内容が含まれている、というのである。「きのふの空」はすでに今日の空ではない。

しかもそのちがった空にいつもひとつの同じ凧が揚がっている。つねに変化する空間、経過する時間。そのなかでただひとつの凧だけが不断に悲しく寂しげに天空に実在している。――こう解説する朔太郎は、凧に「追憶」のイメージを重ねているのである。

いったいに、朔太郎は蕪村を郷愁の詩人とみている。雲水のように生涯を漂泊の旅に暮らした芭蕉とはちがって、蕪村は囲炉裏に火の燃える人の世の侘しさ、なつかしさ、暖かさ、楽しさを、慈母のふところのように恋い慕ったというのである。してみると、凧の句には蕪村の、母を慕う子どもの頃へのかぎりない追憶の情がうたい込まれているのであろうか。

そういえば、わたしにも凧への郷愁がある。子どもの頃、店で買う凧はほとんど駿河凧だったので、凧といえば駿河凧のことだと思っていた。稲刈りの終わったあとの田んぼのなかで、西風を利用してよく揚げたものである。当時のことだから、手にはあかぎれが切れていた。それでも家に帰って暖をとることはなかった。もっとも家には掘り炬燵しかなかったから、子どもではどうにもならなかった。夕方に糸を巻いて田んぼ道をひきあげる子どもに西風は冷たい。それだけに子どもには火の暖かさが恋しかった。――はるかかなたの遠い記憶である。

それにしても、わたしはまだ浜松の凧揚げをみたことがない。会場までの往復の行程を考えると、ついつい臆してしまう。元来ものぐさなのである。

五月三日に中学生になる娘が友だちのご両親に連れられて浜松の凧揚げをみにいってきた。娘はわたしに「浜松凧揚げ保存会」発行の絵はがきを買ってきてくれたのである。それによると、浜松の凧揚げは「引馬城主」の長子誕生を祝して揚げたのがはじまりだというから、浜松の凧揚げはそうとう古い歴史と伝統をもっているのである。おそらく浜松の人たちは凧揚げといえば、絵はがきでみるあの雄大な凧揚げを思い浮かべるにちがいない。それだけに人一倍凧への郷愁をもっているのではなかろうか。

なるほど凧に対するイメージは、蕪村や朔太郎とはちがうかも知れない。しかし凧をとおして家郷を想う気持ちは同じなのではあるまいか。

遠州にはさまざまな凧がある。湖東・湖西の「ぶか凧」、遠三地方の「八つ花凧」、磐田郡豊田町の「提灯凧」、豊田村の「奴凧」――これらの凧には、それぞれの土地の人たちの想いが籠っている。だから土地の人たちは自分たちが育んできた凧にかぎりない郷愁を感じているにちがいない。絵はがきをみて、わたしはふとこれらの凧をすべて天空に揚げてみたらどうであろうかと思った。そしてそこに附中の子どもたちを連想した。それぞれ個性の異なる子どもたちの、空を自由に飛揚する姿を連想したのである。これはまたそうあってほしいという、わたしの願いでもある。

（昭和六十三年六月「附中だより」第五十五号）

8　西穂高・独標登山　一九八八・八

「人間は一茎の葦にすぎない。自然のうちでもっとも弱いものである。だが、それは考える葦である。かれをおしつぶすには、全宇宙が武装するにはおよばない。ひと吹きの蒸気、ひとしずくの水が、かれを殺すのに十分である。しかし、宇宙がかれをおしつぶしても、人間はかれを殺すものよりもいっそう高貴であろう。なぜなら、かれは自分の死ぬことと、宇宙がかれを超えていることとを知っているが、宇宙はそれらのことを何も知らないからである。」

これはパスカルの『パンセ』（由木康訳）にある最もよく知られた一節である。思えば近世以来人間は考える偉大さだけを強調して、自然の征服への道を邁進してきた。知は力であった。ところが近年は天災よりも人災が眼につくようになった。公害もそのひとつである。人間は自然に対する配慮と謙虚さとを失ってしまったのであろうか。

昨年の西穂高は雨であった。雨はうえから降るとはかぎらない。細かい雨滴が前からも横からも下からもやってくる。雨滴と汗とが混じり合って頬をつたわった。さいわい雨はたいしたことはなかった。そのかわり霧がたちこめた。時には先が全くみえなくなる。かと思うと一瞬のうちに霧が晴れて前方に生徒たちの列がみえる。みんなナップザックを背負っている。ふたたび霧が下方の谷間からたちこめてきて山全体を覆い隠してしまう。

大自然のどこかで、なにか巨大な出来事が起こっているのかも知れない。わたしにはそんな気がしてならなかった。足下ではひと足ごとに岩場の石がガラガラとくずれる音をたてた。しばらくゆくと、先方に岩山が墨絵のように浮かんでみえた。それまではわからなかったが、独標は目前に迫っていたのである。急に勇気が甦ってきた。生徒たちと互いに励まし合いながらようやくのことで独標にたどり着いた。あたり一面は霧にとざされて、なんの眺望もなかった。ただ独標だけが孤島のように存在していた。

ひとり宇宙にほうりだされたような恐怖を感じながら、しばらく孤島の岩場にしがみついていた。そして思った。これまで人間は考える偉大さだけを誇張しすぎて、葦であることをすっかり忘れていたのではあるまいか。自然の営みに比べたら人間の力は無力に等しい。今こそ人間はそのことを知るべきではないのか。宙に浮いた思考は傲慢を生むだけである。やがて自然は人間の営為に対して答をだすにちがいない。

パスカルが没してすでに三百数十年。彼は考える偉大さだけではなく、それとともに葦であることを、われわれ人間に自覚させようとしたのかも知れない。

悪天候のなか、後続グループにいた生徒たちは登山を断念、校務主任とともに下山したとのこと、宿所に着いてから報告を受けた。校務主任の英断による、まさに勇気ある下山であった、と思う。今年の独標は、はたしてどうであろうか。

（昭和六十三年八月「西穂高」）

9　自立について

人間はこの世にただひとりで生きているのではない。古来から社会的動物といわれてきたように、人間は本質的に他者とともにある存在なのである。山中にひとり庵をむすんで暮らしていても、それは、さしあたってともにいる人が不在しているだけの話であって、他者とともにあることに本質においてかわりはない。たとえそういう人がいたとしても根本においてはやはり他者の力に支えられているのである。

ところで、一般に「自立する」とは他者の力によらず自分の力でひとり立ちすることをいう。そうだとすれば、自立とは他者との関係を否定することなのか。一見そのように思える、が、わたしはむしろ他者との関係を省察しそれを自覚するところに自立が成りたつのではないか、と考える。

それにしても、口では自立といいながら実際の行為となるとそうではない若者が多い。彼らは自分たちにとって好都合の場合は自立を主張するが、不都合なことは他者に押しつける。自由を主張しながら責任をひき受けない。権利だといいながら義務は忘れている。自分で背負わなければならない責務はすべて他者の方へもっていくのである。これでは甘えではないか。甘えのただなかで我意を主張しているにすぎないのではないか。

自立にはみずから自分を律するということがなければならないと思う。つまり自律の精神がなければ真の自立にはならないのではないかと思う。そうでなければ、自立といいながら自分のことは棚にあげて他者を非難し、自分ではなにもせずに、まわりからいつもなにかを期待するような、そうした人間になりかねない。そうならないためにも、自立には主体性のある行為がともなわなければならないだろうし、そしてこうした自立をとおしてこそ、他者は自分にとってかけがえのない他者となり、ひいては他者をも自立させることになるのではあるまいか。――次世代を担う子どもたちに、自立精神の確立を願う次第である。

（昭和六十三年「補導部だより」第一号）

10　雨の石庭

平成元年、四月の八日はあいにくの雨であった。前日がよすぎただけに、この日は肌寒くもあった。生徒たちは雨に臆する様子もなく元気にそれぞれの研修地に向けて旅館をたっていった。いくらかためらって、雨の降り具合をしばらく眺めていたわたしも、やみそうにもない雨脚を恨みに思いながらも生徒たちに三十分程度遅れて小倉屋を出発した。

金閣寺まではなんとかタクシーを利用することができたが、その先は心もとなかった。なにしろこの雨である。タクシーもおいそれとは止まってくれない。いっそのことひき返そうかと思った。たまたま手すきになった交通整理の警官に龍安寺までの道のりをたずねてみた。歩いて二十分程かかるということであった。「バスでいかれた方がいいですよ。」その警官は親切にも一言添えてくれたが、二十分程度ならばということで歩くことにした。ところが、二十分たっても龍安寺どころか寺院らしい木立さえもみあたらないではないか。あたりをみまわしているうちに水溜まりに足を踏みいれてしまった。靴に水がはいったらしい。足裏がじめじめしてきた。やはりひき返そうか。不安が募りはじめた。それでもしばらく歩いていくと、先方から生徒たちのグループがやってきた。龍安寺から歩いて金閣寺までいくところだという。わたしは内心ホッとした。足はまぎれもなく龍安寺へ向かっていたのである。

わたしが龍安寺をたずねるのはこれで二度目で、初回は金閣がまだ再建中の頃であったから、ずいぶん昔のことである。鏡容池をめぐって庫裡脇の玄関口にたどりついた時、内から別の生徒たちのグループがでてきた。「どうだった」と声をかけると、「桜がきれいだった」という。石庭に桜、ちょっと腑におちなかった。

上がり口で素足になった。濡れた靴下で廊下に足あとを残すのはどうしても気が咎めたからである。石庭に面して腰をおろした時、先程の応答もなるほどと思った。正面の油土塀の外側に枝垂れ桜が今を盛りと咲き誇っているのである。生徒たちの眼はそこに釘づけにされたのかも知れない。

古来この石庭は大江《たいこう》を、虎が仔を連れて渡っているようにみえるというので「虎の仔渡し」という別名をもっているという。また人によっては大海原に浮かぶ島々を象徴的にかたどったものであるともいう。十五個の黒々とした石が白砂のなかに実に巧みに配置されている。組まれた石の、そのまわりの苔が雨に打たれて人の眼にやさしく映る。油土塀のさびの趣がみる人の心に安らぎを与えてくれる。

庭を眺めながらの、一瞬のまどろみのなかで、わたしはふと思った。これは、東西三十メートル・南北十メートルの大地に刻まれたまさに一幅の山水画ではあるまいか、と。

黒羽清隆氏によると、禅宗寺院の方丈に属する庭園は「三万里程を尺寸に縮む」という手法で生みだされたというから、この庭園には自然そのものが凝縮されているのかも知れない。禅的素養のないわたしにはその辺のことはよくわからない。ただ眺めているだけである。なんの理屈も必要としない。それだけにかえって、この庭の園丁が相阿弥であるよりも左側の石の裏側に刻まれているといわれている「小太良・徳〈清〉二良」である方がいいように思えた。山水河原者とよばれた無名の人たちが精魂込めて造った石庭だからこそ、一切の樹木を排した厳しさのなかに、なにかしら観る側とのあいだに通い合うものがあるように思えたからである。刻まれた名を実写したことのある黒羽氏はわたしにその写真をみせてくれるといっていたが、その黒羽氏も今は亡い。静岡大学教育学部の日本史担当の教授であった同氏は昭和六十二年突然病没した。――人の世の無常をつよく感じながら、雨の石庭をあとにした。

（平成元年六月「附中だより」第五十八号）

11　西穂高・独標登山　一九八九・八

昨年の独標登山は天候に恵まれた。一昨年、濃霧に行く手を阻まれて、ひとり宇宙の片隅に置き去りにされたような、そんな不安にかられて、独標の岩場にかじりついたことがまるで嘘のようであった。

昭和六十三年八月二日、五千尺ロッジを早朝出発して、西穂高登山口の標識のところから山中にはいった。樹木の根が張りだした径は樹間をぬって山の奥へと通じている。径は平坦ではない。急な斜面になることもあれば、雨の水路のようなところもある。かなりの道程を登ると、やがて樹木の覆いがとれる。それから急な斜面を登り、まもなくして山荘にたどり着いた。ここまでの行程は約二時間半ほどであった。

山荘からは、地を這うような樹木のあいだを、岩間をぬいながら登って行かなければならない。径は険しい。そのうち径は荒々しい岩石とガレ場の荒涼としたところと化し、その景観は尾根づたいに山並みのかなたまでつづいている。さながら天と地との激戦地の跡のようであった。それどころか現に天と地とが戦い合っている最前線であるのかも知れない。天は猛り狂う風雨によって山をきり崩そうとする。地は山の姿を変えまいと必死に耐えている。人を寄せつけようとはしない、そうした自然の荒々しさと逞しさがそこにあった。

ガレ場を黙々と登りながら思った。人生は、所詮自分自身との戦いなのかも知れない。そうであれば戦いを避けてはならない。戦いに耐えることである。それには、まずおのれ自身を知ることだ。実際にわたしは生徒たちが一度休むところを三度も四度も休んでいる。生徒たちに負けまいとすれば落伍するにちがいない。体力も能力も全くちがうのだから、苦しくても一歩一歩ゆっくりと自分のペースで登ればそれでいいのではないか。人生、行き着く先は同じでも、いそぎ足で行く人も、ゆっくりゆっくり行く人もいる。ペースを人に合わせれば、こちらがまいる。おのれを知っておのれのペースをつかむこと、まさにこのことが、先決の問題なのではあるまいか。

ふと気づくと独標は目前に迫っていた。独標にはちょっとした鎖場がある。鎖をたよりに這い登っていくと、山頂に小さな社があった。そこには一昨年とはちがってすばらしい景観があった。ひょっとしたら、昨年はわれわれのために天と地が聖なる社で一時的に休戦協定を結んでくれたのかも知れない。——全員無事登頂の朗報を下山してから受けとった。

（平成元年八月「西穂高」）

12 旅立ち

侘しげなプラットホームの片隅にはまだ残雪があった。貨車の屋根にも雪が残っていた。吐く息も白い。「元気でな！」「かあちゃんもな」。やがて列車は駅を離れる。中学をでたばかりの子どもたちが職を求めて、親もとを旅立っていく。——昭和三十年代の初頭、東北本線でいくたびか眼にした光景である。なぜか旅立ちと聞くときまって、わたしはこの光景を想いおこす。そしてなにかしら感傷的なものが心をよぎるのである。

旅立ちには大小さまざまある。そのなかには実際の旅立ちもあれば、精神的旅立ちもある。いずれの旅立ちにも馴れ親しんだものとの離別が潜んでいる。この離別が哀調を帯びた情緒を人の心にかもしだすのである。しかし旅立ちにはもっと大きな意味がある。それは未知の世界へと踏みいることであり、自分の人生をきり拓くことである。

三年生諸君もこの三月には本校を旅立っていく。旅立ちの時、諸君は涙するかも知れない。しかし人は大きく成長するために、いつかは旅立たなければならないのである。


（平成二年二月「附中だより」第六十号）

13　兎の飼育係

平成二年の三月頃のことであったかと思う。当時まだ中学生であった娘が、わたしのところに相談をもちかけてきた。兎を飼ってもいいかどうかを打診にきたのである。娘は困りきった顔をしていた。それを知りながらもわたしはあえて否定的な返答をした。猫嫌いの家内のことが念頭にあったからである。

家内の猫嫌いは並のものではない。道端に猫がいれば、その道を避けてまわり道をするというほどであったから、屋敷内に猫が侵入しようものなら大変な騒ぎになった。おそらく兎に対しても同じ拒否反応を示すにちがいない。わたしはそう思ったのである。娘もそれを承知のうえで、わたしに相談をもちかけてきたらしい。彼女は切々と訴えた。学校からの帰路のこと、捨てられた黒い子兎が小雨にぬれて道端の草むらにうずくまっていた。その姿が実に痛々しくもあり、かわいそうでもあり、だからそこを素通りすることができなかったというのである。よくよく尋ねてみると、どうやら彼女はみるにみかねて子兎をすでに拾ってきていて、どこかに隠しているらしいのである。事態がそこまで進行しているのであれば、もとのところに捨ててきなさい、というのは少々酷な話である。結局彼女の願いを受けいれることにしたのである。

しかし、そうなると家内に感知されないように、なんとかしなければならない。そうはいっても、とくにいい思案があるわけでもなかったので、とにかく書斎の板敷きのところに飼うことにした。わたしとの同居である。兎はどことといって取柄があるわけではないが、時たま前足を胸のところに折り曲げてあたりの様子をうかがうような仕草をする。しかしこちらの意図はなかなか通じない。なにかしようとすれば、あちこち逃げまわる。それでも隅に尻を向けてほぼきまったところで用をたすので、新聞紙をそこに広げておけば糞尿の処理は比較的たやすかった。糞尿の処理こそ、実は最も気がかりなことであったのである。糞尿の悪臭がやがて部屋に充満するにちがいないと思ったからである。娘は毎日のように兎の様子をみにきたが、兎とたわむれるだけで糞尿の処理をすることはほとんどなかった。その気さえもないようであった。

十日ほどたった頃、家内が書斎にやってきた。滅多にないことであった。書斎といっても納屋同然の離れ部屋であったから家内はほとんど書斎にくることはなかったのである。気配を感じたわたしはすぐに兎を人目につかない片隅に追いやって、なに食わぬ顔をよそおった。そんなこととは知らず家内は部屋にはいってきた。その途端、兎は部屋の片隅でガサゴソと音をたてた。それだけではない。訝しがる家内の前を、突然小さな黒いかたまりが走りぬけたのである。瞬間、六十キロの体が宙を舞ったかのように思えた。気がついた時には椅子のうえにたって家内が奇声を発していた。笑い事ではなかった。それからが大変であった。なにやかやと家内はわたしの甘さをかなり激しく非難した。しかしこの一件も事情をよくよく説明して、兎小屋を作ることでようやく落着した。

今、兎は犬小屋を改良した小屋で暮らしている。もう娘は兎にはみむきもしない。飼育係は結局わたしの仕事になった。

（平成三年十一月『教師の広場』季刊第九十号）

14　実存の思想と道徳　　附属浜松中学校退任講演

（1）自由と孤独

「人間は自由の刑に処せられている」――サルトルは『実存主義はヒューマニズムである』（伊吹武彦訳『実存主義とは何か』）のなかでこう論じて、その理由を次のように説明している。

「刑に処せられているというのは、人間は自分自身を作ったのではないからであり、しかも一面において自由であるのは、ひとたび世界のなかに投げ出されたからには、人間は自分のなすこと一切について責任があるからである」。

確かに人間はみずからによって世界のなかへ到来したわけではない。だからといって自分に責任がないというわけではない。むしろひとたび世界のなかへ到来したからには、自分についての一切の責任を負わなければならないのである。それゆえここでの自由は自分の好みによって勝手気ままにふるまうことを意味してはいない。それどころか人間が自由であるというのは、人間は何の拠り所もなく何の助けもなく、したがって自分のふるまいを正当化できるような価値や命令もなく自分を創りだしていかざるをえない、そうした重荷を負わされているということであり、そのように運命づけられているということでもある。ここには、どこにも逃げ口上を見いだすこともできずに何からも護られていない孤独な人間の姿がある。この孤独な人間には行動のなか以外に現実はない。彼は自己を実現するかぎりにおいてのみ存在し、彼の行う行為の全体以外の何ものでもないのである。だから、たとえば私には多くの素質や傾向や可能性があるのに周囲の事情が私にふりだったのでそれがいまだ実現されずにいることを理由にして、実際の私は現実の私よりもはるかにうわまわっていると主張するのは、ここでは無意味に等しい。私が現に生活に身を投じている現実の、その私以外に私は存在しないのである。しかも私には、私が私自身を選択する際に基準となりうるような価値尺度は何一つ存在しない。私が私自身を選ぶこと、そのことが同時に私の価値尺度を決定づけるのであり、私は行為することなしに価値尺度を決定づけることはできないのである。

サルトルはある青年の実例をあげている。この青年の「母親は彼と二人きりの生活で、夫になかば裏切られ、長男に戦死されたことをひどく悲しんで、ただ彼ひとりに慰めを見出していた。」サルトルを訪ねた時、この青年は「自由フランス軍に投じるか――つまり母親を捨てるか、それとも母のもとにとどまり、母の生活を助けるか、どちらかを選ぶ立場にあった。」この青年は母親がただ自分だけをたよりに生きていること、そして自分がいなくなれば母は絶望にたたきこまれるだろうこともよく理解していた。この青年に対するサルトルの返答はただ一つである。サルトルはこう答えている。「君は自由だ。選びたまえ。つまり創りたまえ。」

この青年はみずから決断しなければならない。もはやいかなる一般道徳もどちらを選ぶべきかを指示することはできない。指標はどこにもないのである。「母のそばに残るほどに母を愛しているる」のであれば、青年は母のそばに残る以外に道はない。しかも彼は実際の行為をとおしてしか母への愛を証示することができない。青年は自分自身の行為をとおして自分がたどる運命を自分の人生に刻んで行かなければならないのである。彼が生きる以前に彼の人生はなく、彼の人生は彼の選ぶ行為以外の何ものでもないからである。自由の刑に処せられた青年は、こうして人生の岐路にただひとりたたずまなくてはならず、その意味で彼は全く孤独なのである。

人間存在にこうした孤独な姿を刻むサルトルの思想の根底には「実存は本質に先立つ」という根本的な洞察がある。彼によれば、「人間はまず先に実存し、世界内で出会われ、世界内に不意に姿をあらわし」、そしてそのあとではじめて人間とは何かが定義されるのである。したがって人間は、人間とは何かを規定するその本質よりも以前に、すでに実存していなくてはならない。この意味で、サルトルにおいては、まさに実存は本質に先立つのであり、本質に先立つかぎり「人間の本性は存在しない」。人間は最初は何ものでもなく、あとになってはじめて人間になるのであり、みずから創るところのもの以外の何ものでもないのである。

こうした人間存在の特質を、サルトルは道具存在との対比においてさらに際立たせている。道具（たとえばペーパー・ナイフ）は職人によって造られたものであり、特定の用途をもっている。特定の用途をもたない道具などありえないし、何のために使われるかもわからずに道具を造る職人もいない。してみれば道具は、それが造られてわれわれの手もとにある以前に、それを造った職人の頭のうちに原型として、描かれた概念としてすでに存在していたことになる。道具は「一つの概念を頭にえがいた職人によって造られたものである」。このかぎり道具においては、存在よりも本質が先行しているといわなくてはならない。

ところで、かりに道具の存在と本質との関係を人間の場合に転用するとすれば、われわれはそこに創造者すなわち神の存在を認めざるをえないであろう。しかも職人との類推からいえば、その創造者としての神のうちには、人間の実存に先立って人間の概念があったはずであり、この概念にしたがって神は人間を創造したはずである。そうであれば当然人間が実存する以前に、人間の本質は定められているといわざるをえない。人間は、この場合にはすでに定められている本質を実現すべく努力するしかない。それ以外に人間になる道はないのである。したがってここでは本質は実存に先立つといわなければならないであろう。

ところがサルトルには神は存在しない。存在しないとすれば、われわれの本性もわれわれの存在以前に定められているわけではない。すべては許されている。そしてすべてが許されているからには、人間は自分のそとにも自分のうちの本性にもすがるべきものを見いだすことはできない。人間は自分の〈本性〉をもみずから創りあげていかなければならないのである。

こうした考え方の背景には、それぞれの個別的な人間を、〈人間〉という普遍的観念の特殊な一例として考察し、この普遍的観念にもとづいて人間を基礎づけようとする、そうした思想がもはやその有効性を維持できなくなった時代の状況がある。そしていままでゆるぎないと思われていた価値秩序が疑わしいものとなったとき、それを痛感した人たちは自己の内面へとたち戻るしかなかったのである。それゆえ彼らが描く人間像の背後にはつねに孤独の影がただよい、それをすっかりぬぐいさることはできない。

この点ではヤスパースも同じである。彼もまた同じ時代に直面して、かつてなかったほどの危機的状況のなかで人間存在を問わなければならなかったのである。

(2) 孤独と交わり

今日的状況についてヤスパースは語っている。

「今日までの歴史においては、人間と人間との自明の結合が、頼るべき共同体や制度や普遍的精神のうちに存在してきた。孤独な人でさえ、自分の孤独のまっただなかでいわば他者に支えられてきた。しかるに今日では、人間がますます相互に理解しあわなくなり相互に無関心な態度で出会っては別れているという事実、忠実さや共同体がもはや確かなものではなくなっているという事実があり、こうした事実のうちに、われわれ人間の崩壊が最も強く感じとられるのである。」（『哲学入門』林田新二訳、『哲学とは何か』に所収）

人びとが信頼して頼れるものもなく、確かなものも何一つない。人びとの出会いも〈よそ者〉同士の出会いであり、そこには人びとを結びつける絆さえもない。ここに人間存在の崩壊を見届けたヤスパースは他者との本来的な交わりのなかに自分の哲学的境涯を基礎づけようとする。

彼によれば、本来的な交わりにおいてのみ私は私自身であるのであり、こうした交わりにおいてのみ本来的な存在の確信がえられるというのである。ここで彼が念頭においている「交わり」とは「自由な者と自由な者とが共同をつうじて遠慮なしに対立しあうような交わり」のことである。この交わりにおける両者の抗争対立は互いに愛しながらの戦いであり、両者の戦いは相手を支配するためのものではなく、互いに戦いあうことによって、両者がそれぞれ自分の存在を確信するようになる、そうした戦いである。

こうした戦いあいのなかに、つまり人間と人間との実存的交わりのなかに、この私としての実存の真相をヤスパースは見るのである。本来の実存はとざされた孤独のなかでは実現されない。

本来の実存とはとざされた孤独ではありえないのである。実存の孤独は他者から切り離されて、ただひとりで存在するということではない。実存の孤独は他の実存に対して開かれているのみならず、まさに他の実存との触れあいのなかで本来的に成就されるのである。だからこの交わりは孤独を解消することではない。交わりはどこまでも孤独を基盤にして考察されなくてはならないのである。

（3）実存の思想への批判

ところでヤスパースに見られるようなこうした実存的出会いは、ボルノウが指摘するように（『実存哲学概説』塚越・金子訳）、その性質上、つねに単独の孤独な人間と他の孤独な人間とのあいだで可能なのであって、人間の集団に転用するということは本質的に不可能なのではあるまいか。なるほどとざされた実存ではなく、開かれた実存をヤスパースが説くにしても、彼が〈孤独〉を人間存在の中心にすえているかぎり、こうした疑問が実存の思想に対して起こるのも当然のことかも知れない。

この点でサルトルも例外ではない。なるほどサルトルは「人間はみずからについて責任をもつ」ということのうちに、「全人類に対して責任をもつ」という意味をこめている。したがって「人間はみずからを選択する」ということも各人がそれぞれたんに自分自身を選択するということだけを意味しているわけではない。各人はみずから選ぶことによって全人類を選ぶのであり、それゆえ各人の行為はそれぞれ各人のものであると同時に全人類にもかかわっている。「もっと個人的なことであるが」とことわって、サルトルはさらに具体的な説明を加えている。

「もし私が結婚し、子供をつくることを望んだとしたら、たとえこの結婚がもっぱら私の境遇なり情熱なり欲望なりにもとづくものであったとしても、私はそれによって、私自身だけでなく、人類全体を一夫一婦制の方向へアンガジェするのである。こうして私は、私自身に対し、そして万人に対して責任を負い、私の選ぶ或る人間像を創りあげる。私を選ぶことによって私は人間を選ぶのである」(伊吹武彦訳)。

彼がこのようにいいうるのも「われわれが選ぶものは常に善であり、何物も、われわれにとって善でありながら万人にとつて善でない、ということはあり得ない」からである。けれども、それはあくまでも私はみずからを選ぶことによって万人を選ぶのであって、万人を選ぶことによってみずからを選ぶわけではない。方向は全く逆なのである。サルトルにとって、各人のそれぞれの行為以前に、万人が共有する普遍性は見いだされない。むしろこうした普遍性を否定したところに彼の主張があるわけである。

確かに彼は人間の普遍性の存在にも論及し、それを「あらゆる他人の投企を理解する」ことを可能にする普遍性として考察してはいる。しかしそれとても、この普遍性を前提にしてあらゆる他人の投企を理解するという意味で考察しているわけではない。つまりこの普遍性は与えられたものではなく、それはどこまでも私の自己投企によって「不断に築かれるもの」として考えられているのである。

そうであれば、われわれがすでにそれを基盤にして多くの文化を吸収し生活をいとなんでいる、そうした共同社会への洞察はここでもなされえないのではなかろうか。われわれがすくなくとも人の道としての道徳ならびにそれの教育を問題にするかぎり、人と人とがそこで出会いながら、すでに共同生活をいとなんでいる、そうした共同世界を前提しなければ、それらを問うことさえできないであろう。そしてその際、人間性がどのような形で問われるにしても「われわれは今日人間性を任意に、まったく新たに形成しなおすことはできない」のである（矢島羊吉『倫理学の根本問題』）。かくしてわれわれは歴史的共同世界のなかでつちかわれてきた、その意味で歴史的に規定された〈人間性〉から出発するほかはないのではあるまいか。

以上、実存の思想の人間観とそれへの批判について、とくにヤスパースとサルトルそしてボルノウを手引きにして、概略的に述べてきた。一九二〇年代後半にドイツに登場し、第二次世界大戦後のフランスにおいて絶頂期に達した実存の思想は、人間の生の、これまで人びとがそこにはあまり注意を向けなかった側面すなわち死、不安、絶望などをえぐりだして、そこではどうしても自分自身との真摯な対決をせざるをえない、そうした場面に人間をたたずませた。この実存の孤独の影は現在のわれわれの背後にいまもって揺曳している。われわれはいまでもこの思想から自由ではないのである。それだけにわれわれはこの思想を素通りすることはできないであろう。

しかしこの思想が人間をそこへと引き戻した実存の孤独な境涯からはたして何が帰結するのであろうか。それは、ある意味でまわりの人びとから孤立し、ただただ実存的交わりにしか自分の所在を見いだすことのできない「いんうつな色合いにいろどられた」(ボルノー『実存哲学と教育学』峰島旭雄訳）人間の姿なのではないだろうか。こうした孤独な人間を、われわれはふたたび共同世界の場につれ戻さなければならない。そうしてはじめて、人間の倫理性の問題が問われうる場が開かれるようになるのではなかろうか。

(4) 個人と共同社会

われわれが自分自身について意識し自覚するのはある特定の共同社会においてである。われわれはいつもすでにこの社会のなかに存在し、この社会のなかでおのれを発見する。そしてわれわれのさまざまな人生模様もこの社会を基盤にして展開する。要するに、われわれはこの社会のなかに居を構えているのであり、そこに住んでいるのである。住むということは町や土地に人間が互いに無関係に物と同じようなありさまで点在しているということではない。むしろ逆に町や土地はそのなかに住まっている人びとによって「生命付けられて」さえいるのである(レーヴィット『人間存在の倫理』佐々木一義訳)。われわれは町や土地に住み、そしてそこでいとなまれる社会生活の場で多くの人びとと出会い、この出会いをとおしてまた自分自身についての認識をも深めているのである。だから社会は個人の集積ではない。社会は個人の根底にあるものであり、われわれは社会的基盤のうえでさまざまな振舞いをしているのである。それだけにわれわれは社会の共通の考え方や感じ方を、あたかも自分のもののように受け入れてしまっているし、社会の精神的文化は滋養分としてわれわれのすみずみまで浸透している。「人間のいかなる自然的なものをも、(……)全く特定の文化的色合いに染められた形においてしか経験しえない」(ゲーレン『人間学の探究』亀井・滝浦ほか訳)ほど、われわれは文化の影響を受けている。この意味でいえば、「個人は社会の精神的文化的生命の一時的なにない手にすぎない」(矢島羊吉、前掲書)のである。

ところが、他面からいえば、われわれの行為はわれわれ自身の自由意志に基づいて行われるのであって、いちいち社会の指図を受けて行われるわけではない。われわれは自己固有の価値意識に基づいて行為し、そのように行為することをとおして、われわれ一人ひとりが他者とは区別されたそれぞれ独自の世界を形づくっているのである。ここでは個人は社会のなかに解消されずに個人の特質をどこまでも保持している。

してみれば、個人と社会とは対立を含みながらも相手側なしには成立しえない関係にあり、しかもこの関係は対立を含んでいるだけに緊張を内包しているといわなければならない。それだけではない。個人と社会は不可欠の二つの構成要素として人間存在そのもののうちに組み込まれている。人間は個別的存在であると同時に社会的存在でもあり、だからわれわれのいかなる行為も、なるほど行為の主体は個人ではあるけれども、社会的であるといわなければならない。それゆえ人間はどのようにあるべきかの問いは、それがどのように問われようと、個人と社会という図式のうえで問われなくてはならないであろう。それどころか、そのような問いそのものがすでに個人と社会という図式のうえで問われているといわなくてはならないのである。

（5）あるべき人間像への問い

われわれがなす行為について、サルトルはこう語っている。

「われわれのなす行為のうち、われわれがあろうと望む人間を創ることによって、同時に、人間はまさにかくあるべきだとわれわれの考えるような、そのような人間像を創らない行為は一つとしてない」(伊吹武彦訳)。

なるほどわれわれがなす行為の一つ一つは、人間はかくあるべきだという、個人の域を超えた人間像の形成にあずかっている。彼によれば、われわれがあれかこれか、そのいずれかを選ぶことは「われわれが選ぶそのものの価値を同時に肯定すること」であり、この肯定はまた同時にわれわれの選ぶそのものがすべての人にとって価値あることを是認することでもあるからである。われわれにとって善でありながら万人にとって善でないということはありえないからである。

しかし他面において、われわれがかくあろうと望んで行なう行為はかくあるべき人間についての一定の観念へと方向づけられているともいいうるのではあるまいか。そうであるとすれば、かくあるべき人間像はわれわれがかくあろうと望む人間像に先行しているといわなくてはならない。われわれの行為のあとに形成されるべきものが、かえってわれわれの行為に先立っているのである。

ここには一種の循環論がある。この循環論ははたして避けなければならない悪しきものなのであろうか。むしろこの循環論は個別的であると同時に社会的でもある人間存在そのものに由来しているのではあるまいか。してみれば、われわれはこうした循環論を基底にしてわれわれの倫理的な生活がいとなまれていると見るべきではあるまいか。要は避けることではなく、循環のなかに踏みとどまることであろう。

われわれの選ぶ行為の一つ一つがあるべき人間像を基礎づけるとともに、逆にわれわれの行為そのものがあるべき人間像に先導されているという、この循環はたんなる堂々めぐりではない。むしろかくあろうとする人間像とかくあるべき人間像とがこうした循環的関係にあるからこそ、むしろわれわれは日常の生活のなかで自分の振舞いを反省したり、時には他者の振舞いを評価したりすることも可能なのである。またそうであるからこそ、人間はどのようにあるべきかという、この問いはこうした循環的関係を基盤にして問われなければならないであろうし、それどころか、この問いそのものが循環的関係のなかに巻き込まれているというべきかも知れない。もちろんここでの問いはたんに答えをうるための前段階の問いではない。問うことで問われた当のものがより深い次元で自覚されるようになる、そうした問いであり、そこでは問うことにおいてその問いそのものがわれわれ自身にうち返されてくる。こうした問いのただなかでわれわれは何が望ましい行為であり、何が徳のある行為であるかを決定しなくてはならないのである。

ボルノウが論じているように、徳はすでに与えられたものとして人間のうちにあるわけではない。また一度きりの実行によって永続的に獲得されるものでもない。「徳の領域では、いかなる永続的な所有物も存在」しないのである。それゆえ、徳は「あらゆる道徳的行為のなかで、そのたびごとに新たに生み出されるほかはない」(『徳の現象学』森田孝訳)。こうした領域では同一の行為であっても、勇気ある行為として称賛されることもあれば、無謀な行為としてさげすまれることもある。臆病と見られた行為がかえって節度ある行為として評価されることもある。そして、勇気ある人も臆病な人に転ずることもあれば、無謀な人が節度ある人に転ずることもある。ここには何一つ固定的なものは存在しない。してみれば、人間はどのようにあるべきかを問う、その問いも一度問われれば済むような問いではない。それはくり返し問われなければならない。そしてくり返しこの問いが問い返されることによって、そのつどわれわれは道徳的振舞いを決定づけていかなければならないのである。徳はいわばこのようにしてくり返される道徳的振舞いをとおして、われわれのうちに堆積されるものであり、そこにはつねにわれわれの自己創造的な努力がなくてはならないであろう。

人間は決して完成された存在ではない。その意味でつねに途上にある。してみれば、倫理や道徳に関する問題は、たんに一般的命題を導きだすことにあるのではなく、われわれ一人ひとりが現実の生活をとおしていかにあるべきかを問いすすめていかなければならない問題なのではなかろうか。人間で〈ある〉ということは人間に〈なる〉ということでもあるのである（ヤスパース）。

（平成二年三月）

15　人間らしさと個性の伸長　　附属浜松小学校教官との懇談会

人間をどう理解するのか

文化や精神にかかわる学問領域においては、その根底においてつねに人間をどう理解するのかが問われています。その意味では文化や精神に関する学問の発展は人間理解の展開でもあったということができるわけです。それは、教育に関しても例外ではありません。

理性の自己確信

近世以来人びとは、デカルトの「われ思う、ゆえにわれあり」を起点にして、人間は何よりもまず理性の自己確信にもとづく個別的な自我主観であると確信して、人間のうちにある理性の光のみをただ一つの拠り所としてあらゆる関係をこの理性にもとづけようとしてきた。そしてこの確信は、当然のことではありますが、人間の個別的な存在のみにとどまらず、人間的共同性にもとづくあらゆる形成体にも及び、国家や言語なども本来個別的な主観の間の協定によって作られたものとして理解されるようになったわけです（L・ランドグレーベ）。

質の均一化

そのうえこの理性があらゆるものを裁定する最高審にまでせりあげられ、数学的思考方法をとるようになると、人間の非理性的な側面は理性によって切り捨てられざるをえなくなり、質は均一化され量へと換算される事態を招くことにもなったわけです。しかしそうなりますと感情なしに考え、生きることが理想とされるようになり、「感情的」というのは、むしろ、不健康で不均衡な側面をさすようになっていったわけです（E・フロム）。

ここまできますと人間は誰でもないような抽象的な存在として考えられるようにもなってしまいます。こうした事態に直面して人間の本質を理性にのみ見ようとする考え方に反省が加えられるようになったのです。

多様な生命体に同一の環境世界は存在しない

こうして人間をもっと具体的諸相において考察しようとする動向が現われてきます。もはや人間を、ちょうど魚を水から取り出すように、彼の住む世界から取り出して、神のイメージに照らして理解したり、あるいは人間を動物的生存と同じレベルで探究し、その動物的体制の上に心や精神を認めるような考えは脇へ押しやられることになります。J・ユクスキュルによりますと、多種多様な生物体にとって同一の環境世界は存在しない。環境世界というものは、そこに生きている生物体と密接な関係があり、その生物体を抜きにしては考えられず、むしろ逆にそれぞれの生物体はそれぞれの生物体に適った環境世界を構成しているというのです（『生物から見た世界』日高敏隆・羽田節子訳）。やがてこの動向は人間のなかで働いているすべての要因を、他のものとの比較においてではなく、どこまでも人間的な意味で把握しようとする思想として現われてきます。

世界＝内＝存在

ここでは、人間はもはや自分の世界から切り離されて考察されうるような、そうした存在ではなく、自分の住む世界と一つに織り込まれた存在として、考えざるをえないことになります。すなわち人間はどこまでも世界＝内＝存在（M・ハイデガー）として考察されなければならないことになるわけです。

私は私の世界を生きている

私の考え方の基本も実はここにあるわけです。もっともここでいう世界＝内＝存在というのは、あたかも何かの入れ物に物が入っているように、人間が世界のなかに存在しているというのではない。それは人間の存在は自分の世界を離れてはありえないということであり、具体的にいえば、私があるということは私が私の世界を生きているということなのです。それゆえ空間や時間もこうした観点で読みなおさなくてはならない。もはや空間や時間はわれわれが算数や古典物理学で考えているような抽象的で均質的な空間や時間ではなく、具体的人間によって体験される空間や時間でなければならないのです。それはいわば生きた空間と時間であります。

日常的な客観的尺度としての空間や時間はむしろ客観性を要求するわれわれの態度によってそのように措定されているのです。すなわち、そのような空間や時間はそれなりの客観的根拠にもとづいて均質的な、計量可能な空間や時間としてわれわれ人間が設定しているわけです。

体験される空間

体験される空間は、客観的尺度としての空間のように空虚なものではなく、それぞれ方位をもち特定の内部構造をそなえています。たとえば自分の部屋の空間は自分がそこで安心できる構造をもっています。逆にいえば自分が安心できるように構成されているのです。私の固有の空間体系が私の部屋の、家具の配置設定を決定づけているのです。だから他人の生活空間には何となく違和感を覚えたりします。

またよく、心理学の領域でパーソナル・スペースということがいわれます。「例えば、複数の人間が一定の空間内にあるとき人間は互いにある距離以上に近づかない現象が現れる」。このように互いに侵し合わないこの範囲をパーソナル・スペース、すなわち「個人空間」というわけです（90年度版『イミダス』）。つまり人には他の人によって侵されたくない空間領域があるということです。それゆえ無思慮なスキン・シップはかえって弊害です。このことは教育上つねに考慮に入れておく必要があるのではないでしょうか。

体験される時間

時間もまた体験する者の心の状態によってさまざまな様相を呈します。退屈な時は時間はなかなか流れず、楽しく遊んでいる時は時間は飛ぶようにすぎていきます。それだけではなく、われわれは時間にせきたてられることもあります。また時の経過にあまりにも気をとられると、かえって生活が不安定になり、われわれのうちに性急さといらだちと不安をもたらすこともあります。われわれはひとりひとりそれぞれ固有な時間体系をもっているのです。

こうして、われわれは自分の空間や時間をもちながら、それぞれ自分自身の世界を構成し、その世界を生きているわけです。この世界はなるほど自己中心的な構成をもってはいますが、たんにただそれだけではなく、同時に外にむかって開いてもいるわけで、他の人びととさまざまな関係を結ぶ共有の世界にも関与しているわけです。ところが、こうした「自己の」いってみれば「私の」世界は自己中心的な構成をもっているだけに、外にむかう窓を閉ざせば、我意だけが通用する世界になってしまうおそれがあります。いわば子どもが一人で人形遊び（人形たちを自分の支配下において自分だけの世界をつくる）をしているような「人形の家」的な世界になってしまうおそれが多分にあるわけです。高じると自閉症的になるおそれがあるのではないかと思います。また他面、私の世界が「私の」という要素を失うようなことになりますと、安心してくつろげる、そうした世界が喪失することになり、自己の中心が失われていつもおどおどして付和雷同的になるおそれがあります。

共有する世界

このように見てきますと、人間には自己の世界と、他の人びとと共有する世界とのバランスが必要であるということです。人間は個人的なもの、主観的なものではあっても、そうしたものだけに還元できるものではなく、だからといってそれを否定するような方向で考えることもできないわけです。それゆえ「個性」とか「個性的」という言葉も二つの世界というこの図式にのっとって理解されなければならないでしょう。

個性的という言葉

今日われわれは「個性」とか「個性的」という語を肯定的な意味で積極的に用いていますし、そのように用いることが一般的になっていますが、しかしこの言葉に含まれる意味合いはさまざまです。たとえば、「個性的な人」という場合、その人のもつ独特な「あくの強さ」を意味することがあります。こうした「あくの強さ」はややもすれば独善的なひとりよがりになりやすい。そうなるとこの「あくの強さ」は自分の考えに他の人びとを従わせようとする傾向を帯びてきます。したがってこの意味での個性はむしろ協調性を否定するような面が顕著に現われてきます。この意味での個性を、われわれは教育の場で積極的に取り入れることはできないでしょう。

とりえ・もちあじ

われわれのいう意味での個性は、小さく自分を閉じ込めることなく、自己を実現するために自分を拡充させること、まさにこのことに裏打ちされていなくてはならないのです。つまり自分を向上させる要素を自分の中に発見して、それをみずから助長していく方向で個性を考えなくてはならないのです。この意味で「とりえ」とか、「もちあじ」という言葉が見いだされるわけですが、これとても固定的に個人のうちでのみ考えてはならず、もっと広い視野でとらえなくてはならないと思います。

他の人からの承認

まずこの「とりえ」とか「もちあじ」とかは、他の人たちから承認される必要があります。他の人たちから承認されない「とりえ」とか「もちあじ」は自分の中でただから回りするにすぎなくなります。というのも何ごとについても他の人から承認されるということが必要で、承認されることによって、承認された本人は自分について自信をもつようになるからです。だからといって、この「とりえ」とか「もちあじ」は教師側から、ただただそれを指摘してやればそれでいいというわけのものではないと思います。個人がそなえている「とりえ」とか「もちあじ」は向上的に自分を組みかえていくような働きとしてとらえなくてはならない。したがってそうした働きを起こさせるように啓発していかなければならないのです。つまりただほめればいいのではなく、「のせる」ことが必要なのです。そうでなければ「とりえ」とか「もちあじ」といっても、それは自己の拡大にはならないし、個性を伸長することにもならないでしょう。

個性の伸長

自己を拡大し、個性を伸長するということは他の人びとと触れ合うことによって自分の世界を拡げ、新しい要素を取り入れて自己を充実させていくことです。そしてそれは自分自身が他の人と取り換えることのできない貴重な存在であることをみずから自覚していくことでもあります。したがって「自分らしさ」とか「個性」というのはそれだけ切り離して考察することはできず、他の人びとと共にあるという共存性にもとづいてはじめて「自分らしさ」とか「個性」とかが意味をもってくるのではないでしょうか。共存性と個性は一方を他方に還元することなく、むしろ緊張を孕んだ関係として理解しておかなければならないでしょう。

人間のうちの野生

ところで、人間は天使のように精神だけの存在ではなく、動物的な、肉体をもった存在でもあります。この意味では人間の中には手がつけられないほどではないにしても、ほったらかしにしておけばどうなるかわからないものが所在しています。ほったらかしにしておけばどうなるかわからないもの、その中には低次元の生物的欲求や衝動的な愛憎などの感情も含まれるわけですが、こうしたものは多分に人間を所定の線から逸脱させる要因でもあります。愛憎の感情が善悪の判断を狂わせることもあれば、護身の衝動が虚偽の証言を誘発することもあります。いじめの問題なども、人間のうちなる野生にその遠因があるのではないかと思います。しかし、だからといってかかるものを理性によって切り捨てるというのでは何の解決にもなりません。それどころか、それこそ人間性を阻害してしまうことにもなりかねない。むしろそうしたものを積極的に肯定し、そのうえで、そのものとどう折り合いをつけていくのか——このことの方が重要な問題であり、人間性を理解する鍵になるのではないかと思います。

教皇ペテロ

ここでひとつの例を引きたいと思います。

「マルコによる福音書」（十四章）によりますと――イエスは過越の食事（ユダヤ人の春の祭で三大祭のひとつ）のあと、弟子たちとオリブ山へでかけていった。その時弟子たちに向かってイエスは「あなたがたは皆、わたしにつまずくであろう」といった。するとペテロはイエスにいった。「たとい、みんなの者がつまずいても、わたしはつまずきません」。そこで、イエスがペテロに向かっていったことは、「あなたによく言っておく。きょう、今夜、にわとりが二度鳴く前に、そう言うあなたが、三度わたしを知らないと言うだろう」ということであった。ペテロは力をこめて言った、「たといあなたと一緒に死なねばならなくなっても、あなたを知らないなどとは、決してもうしません」。

わたしは知らない

その後――イエスは群衆にとらえられ、大祭司の前で、イエスは死に当たるものと断定された。まわりにいた群衆のうち、ある者はイエスにつばをはきかけたり、またある者はイエスをこぶしでたいたりした。その時ペテロは中庭で火にあたっていたが、そこへ大祭司の女中のひとりがやってきて、ペテロに向かって「あなたもあのナザレ人イエスと一緒だった」といった。ところが、ペテロはそれを打ち消して「わたしは知らない。あなたの言うことがなんの事かわからない」といって、庭口の方にでていった。

こうしたことが、にわとりが二度目に鳴く前にそのあと二度おこったということです。イエスの言葉を思いだしたペテロは、その言葉を思いかえして泣きつづけたということです。

この説話の中に、私は聖者ペテロの「人間性」というか「人間らしさ」というか、そういったものを感じるのです。人間は完璧な存在ではない。人間にはどうしても避けられないマイナス面が付帯している。聖者ペテロとても例外ではない。そういうことを、この説話はわれわれに物語っているように思えるからです。

わが子羊を養え

「ヨハネによる福音書」（二十一章）によりますと、復活後のイエスはペテロに対して「わが子羊を養え」と語り、信者たちの指導者になることを託しています。イエスは人間の弱さを十分に心得ていて、ペテロが示した人間的弱さにかえって彼の人間性を認めたのではないか、そしてのちのことを彼に託したのではなかろうか。私には、そう思えるのです。ペテロには人間的弱さとともに弱さゆえの誠実さがあります。

人間的誠実さ

したがってこの説話から、聖者ペテロでさえそうであるのだから、ましてやわれわれが知らないと嘘をいってもそれは許されることであり、それこそ人間らしいことであるなどという意味合いを引きだしてくるとしたら、それは私の意に反しています。こうした解釈はむしろ人間の「ずるさ」を導きだすようなもので、そこには人間的な誠実さがない。かくしてわれわれの理解する「人間らしさ」とか「人間性」には人間の弱さゆえの、人間的誠実さに裏打ちされていることが必要であります。

人間は不完全な存在

人間ははじめから完成された存在ではありません。人間にはつねに不完全さがつきまとっています。したがって人間のひとつの面だけをとりあげて人間全体を裁断するようなことは避けなければなりません。人間が完成された存在ではないということは、人間はつねにぞれぞれ自分の可能性を存在し、自分になっていくということであります。それゆえこの可能性を杓子定規的ではなく、ゆとりをもって理解し、開発していかなければならないと思います。そのためには、教師側からの働きかけによる主体性の活性化が必要であります。この主体の活性化は当然のことながら、個人のもつ固有な感性や創造性の活性化をもともなうものであり、これらのものの相乗作用によって自己の確立と自分の世界の充実と拡大がなされていくのではないかと思います。

遊びと「遊び」

ところで、今の子どもたちをとりまく状況をみますと、過当競争が先行して遊びを許さない事態を招いているように思います。遊びを許さないこうした状況は、人に勝つことだけを強いて、「人間らしさ」を許容しないで、人間性を欠く人生を、子どもたちに強いているのではないか、そんなふうに思えてきます。こうした状況下では、かえって不健康な（括弧付きの）「遊び」が横行することにもなり、健康的なスポーツよりもゲームに熱中するようになります。こうしたゲーム「遊び」においてはつねに損得勘定が先行し、「遊び」のために金銭が入用になると、やがて、この「遊び」は金銭問題に転化されることにもなりかねません。

私がここで念頭においている遊びはこうした「遊び」でありません。ここでの遊びはたとえていえば自動車のハンドルの遊びのようなものなのです。適度の遊びがなければ自動車の運転が困難であるように、われわれの人生においても、この意味での遊びは必要であります。それどころか不可欠でさえあると思います。

人間に遊びをとり戻すこと、人生にゆとりをもたせること、このことは個性を伸長させるためには必要であり、むしろこうした遊びやゆとりは個性を伸長させるための土壌ではないかと思っております。ですから、このような土壌があってはじめて子どもたちものびのびと自分の個性を形成することができるようになるのではないかと思います。

まずしっかりと土壌づくりをすることが大切です。が、ただ注意しておかなければならないことは、薬も過度に使用すれば体に害を及ぼすように、過度の遊びやゆとりは逆効果を生むことがありうるということ、このことをつねに念頭においておくことです。

以上、私の断片的な意見を述べてきたわけでありますが、具体的諸相については、ここにお集まりの先生方におまかせすることにいたします。

（平成六年二月二十六日）

二　平成十四年　――　平成二十年

1　東海道本線と富士山

時たま、まちがえて静岡駅で下車する人もいるらしいが、放送大学静岡学習センターは三島市文教町にある。三島駅まで、わたしが乗車する東静岡駅からほぼ一時間である。この一時間、本を読むこともあるが、ほとんどが車窓から富士山を眺めてすごす。もちろん雨の日もあれば、曇りの日もある。晴れの日でも、富士山だけが雲に覆われていることだってある。だから晴天であっても富士山はいつもみえるわけではない。わかっていても、それでも富士の姿を車窓に探す。全姿でなくても、一部分だけでも雲間からみえれば、気分はじょうじょうである。その反面、富士のみえない日などはなんとなく気が重い。どうも人の気も天の気に左右されるようである。

雲ひとつない晴天の日には、草薙から清水駅手前までの間、確かに富士山は左の車窓の前方にある。ところが清水駅に着くと、富士山は右の車窓前方に姿を現わす。興津から由比あたりになると、富士山と海と高速道路とバイパスとが右側の車窓の絵柄をさまざまに構成する。それからしばらくして、富士は右の車窓から姿を消す。その間、左側にちょいと顔出しをするが、富士川駅あたりで、ふたたび右前方の車窓に姿をみせる。山頂からすそ野までの、まさに雄大な姿である。この雄姿は富士川を渡る手前から左側へと移行し、富士川を渡る時には、左側の車窓にすっかり納まっている。これ以後、富士山はいつも左側の窓枠にあり、しばらくは窓枠の中央にどっかと腰をすえている。が、それも富士・吉原・東田子ノ浦あたりまでで、東田子ノ浦の駅をすぎると徐々に後方へ移動し、すそ野が手前の山並みに隠れていく。

沼津駅では、富士は愛鷹山のむこうに顔をのぞかせる程度である。ところが、三島駅で下車して駅の北口から眺める富士は、宝永山の火口が中央部にあり、大きく口を開けている。そこには、あたかも富士があくびをしているかのような、のんびりとした趣がある。しかしこの趣はどうみても積雪のない夏の日の穏やかな姿である。冬の富士はもっと厳しい陰影を刻む。冬の富士にはすべてを火口のなかへととり込んでしまうような、人を寄せつけようともしない峻厳さがある。巨大なサメがすべてをひとのみにしようと大きく口を開けて待ち構えているようである。――夏の富士と冬の富士とではかくもちがうのである。

ところで富士山は、どこからみても富士山で、他山とみまちがうことはないが、しかし場所によってその形姿がいくらかずつ異なっている。富士山は一様ではないのである。

頂上が山頂のほぼ中央にあり、右側の斜面に宝永山の出っ張りがあるのは、静岡・清水側からみた富士の姿である。この地域の子どもたちは、きまったように、山頂を三つの山並みにして右側に斗出部のある富士山を描く。これでないと本当の富士山のような気がしないのである。

ところが、富士・吉原・東田子ノ浦駅あたりの富士山は頂上が山頂の左端にあるので、山頂は右下がりのようにみえる。それが三島までくると、駅の北口から眺めた富士のように、火口が中央に位置し山頂は平らになる。

はたしてどの富士が最上なのか。甲乙つけ難い。そうであれば、とくにとりたててひとつの形姿にこだわる必要があろうか。人それぞれである。それぞれの人が「わたしの富士山」を主張すればそれでよいのではないか。人のさまざまな人生模様も同じである。

富士を眺め、いろいろと空想に耽りながらすごす東静岡〜三島間の一時間は、わたしにとって公的にも私的にも束縛されない時の間である。いわば、いやしの時間である。

（平成十五年四月「燈　ともしび」第四十二号）

2　浜松サテライトスペース

平成十六年度の新学期に入学された皆さん、おめでとうございます。本学習センターで皆さんが充実した学園生活をすごされ、初志を貫徹されることを願っております。

すでにご存じのことと思いますが、本放送大学は自宅をキャンパスとして、いつでも、どこでも、誰でも学べる特別な、しかも正規な通信制の大学であります。したがって所定の単位を修得すれば、当然のことながら通学制の大学と同等の学位（教養学士）を得ることができるわけであります。

すべての人に等しく高等教育の機会を提供している、本放送大学はまた生涯学習の中核的機関として重要な役割をはたしております。これからの時代は、生涯に渡って学習をつづけ、それぞれの人が自分の人生をみずから意義づけていかなくてはならない、そうした時代だと思います。

こうした時代に直面して、本学習センターが少しでも皆さんのお役にたてたらと思っております。現在（平成十五年十月現在）、静岡学習センターで学んでいる人は全科履修生、選科履修生および科目履修生すべてを含めて、学部の学生が二二〇三名、大学院生が二一五名、あわせて二四一八名です。そのうちの約半数近くが浜松サテライトスペースに所属しています。

浜松サテライトスペースは三島（静岡学習センターの所在地）から新幹線なら約一時間、在来線なら約二時間半の距離にあります。浜松の駅に着くと、小柄な富士山が稜線のうえに、ちょこなんとすわっている光景が眼にとまります。サテライトがあるクリエート浜松の建物からでも同じ光景を望むことができます。大柄な富士の姿をみなれた人には、なんとなく物足りない感じがするかも知れません。

ところが浜松の人は柄の大小にはそんなにこだわりません。小柄な富士を大柄にしたければ、富士をこちらへひき寄せたらいい、こんな気概をもった精神が浜松にはあるからです。「やらまいか」精神です。しかし残念ながら、遠州人が遠眼鏡を考案したという記録はない。とにかくこの精神の真髄は、はじめから「できない」ではなく、「やってみなきゃ、わかんねぇ」というところにあります。ですから浜松の人は自分の人生をみずから積極的にきり開いていこうとします。そこには威勢のいい活気を感じます。

この気風に比べると、東・中部の人はなにごとにも消極的で、彼らには「そんなにせかせか、やらんでもえぇ」的な雰囲気があります。よくいえば、おっとりしていて、奥床しいとも形容されうるかも知れません。どちらの気風がよいかは人により観方によりちがいます。それぞれに長所と短所があるわけです。

それにしても、浜松のサテライトがサテライトスペースとしては全国でも群を抜いているのはこうした浜松の気風によるところが大きいといっても決して過言ではないだろうと思います。願わくは、全体的にさらに多くの人が生涯学習のために、放送大学静岡学習センター・浜松サテライトの門をたたいてくれたら、と思います。学習センターの門はすべての人たちのために、いつでも開かれております。

（平成十六年四月「燈　ともしび」第四十六号）

3　浩然の気を養う

九月に卒業される学生の皆さんに〈おめでとう〉と申しあげます。祝意を表わすというただそれだけのことではなく、皆さんの努力に対するねぎらいの意味をもこの言葉に込めて申しあげたいと思います。

放送大学は自宅がキャンパスであるだけに、いつでもどこでも学べる優れた利点がありますが、しかしそれだけにかえって自律の精神が要求されます。明日があるから明日やればいい、このような考えが浮上してきますと、甘えがでてきて、今日やるべきことをついつい先へ延ばしてしまうことになります。そうなりますと、今やるべきことを今やることが、むしろ億劫になり、なにも今やらなくてもよいではないか、こんな考えが起こってきます。

どうも人には、易きところに安住したがるきらいがあるようです。もちろん、わたしも例外ではありません。易きところに安住する方が、とにかく気が楽だからです。のびのびできるからです。しかし、この気楽さには進歩発展がありません。精神はむしろ停滞します。もし進歩発展を望むならば、こうした精神の停滞状態を打破しなければならないわけです。

ところが易きところに安住しようとする気持ちは意外に根強い。ですから、その気持ちを打破するためには、今やるべきことは今やるように自己規制することがどうしても必要になります。

つまり自分で自分を律していくことが必要になるわけです。

自分で自分を律していくということは、ある意味で、自己と自己との戦いであり、それはまた孤独な戦いでもあります。こうした戦いは、ややもすると、気の滅入るような状態に自分をおとしいれることにもなりかねませんが、卒業される皆さんは、幾度となくこのような状態を経験し、それをくぐりぬけてこられたのではないかと思います。それだけに皆さんはこの孤独な戦いに勝利してきたのだと思います。わたしが皆さんにねぎらいの意味を込めて、〈おめでとう〉と申しあげる次第がここにあるわけです。

ところで、目下卒業をめざして単位取得に懸命に努力されている学生の皆さんは今まさに孤独な戦いの最中ではないでしょうか。

そんな皆さんのために、いくらかでもお役にたてばと思い、客員教員の先生方にお願いして交流会のような場をもうけようと考えております。この交流会への参加はなんの義務感もともなわず、全く自由で、皆さんの必要に応じて決めていただければそれで結構だと思います。

ただ、わたしの願いは、教員を中心としたこうした場に参加することによって、日頃、自分ひとりのうちにとじこもりがちになる気分を払拭して、同じ境遇にある他の人たちとおおいに交歓していただくことです。そしてこうした交歓のよしみを通じて〈浩然の気〉を養っていただければと思っております。

おおらかで屈託のない精気、この生き生きとした気力を養うことこそ必要なことではないでしょうか。

（平成十四年十月「燈　ともしび」第四十号）

4 「これが人生だったのか、よし、それならもう一度！」

本年度入学された皆さん、皆さんが本校で充実した学園生活をすごされ、皆さんの望みが達成されますよう、職員一同、願っております。

さて、昨今のテレビや、新聞のニュースをみますと、世のなか全体がなにか不安定な情況にあるのではないか、そんな感じさえします。人間がいかに生きるべきか、このことが今まさに問われているような気さえします。そこでわたしの専門に関係する問題について少し話をしてみようと思います。

人間の世界には、人びとがそれに則らなければならない理法（社会的規範、ルール）というものがあります。人が人間として存在するかぎり、それを否定することは誰にもできないと思います。仮に否定するとすれば、たちまち弱肉強食の世界が現われてきます。そうなれば、それは人間の世界ではなく、野生の世界です。しかし、則るべき理法がいかなる理法であるかについては歴史的にみてもさまざまです。ある時代に活用していた理法は次の時代になると、よりよく生きようとする人間の意志を、かえって阻止する方向で働くようになります。ここに問題があるわけです。

ドイツの哲学者ニーチェ（一八四四～一九〇〇）は彼の時代を診断して〈神の死〉を宣告します。それにしても〈神の死〉とはいかなる事件であるのか。それは彼によれば、人間の存在を意義づけ、その生活をすみずみまで支配してきたキリスト教の神がもはや存在しなくなったということです。しかしこのことはまた人間全体にある目的や秩序を与えるために必要であった理想や規範などの主導的価値がその根拠を失ったということでもあります。こうしてニーチェは最高の価値が無価値になり、あらゆる価値が転倒し、すべてが無意味になるニヒリズムの到来を痛感するわけです。

ところで、〈神の死〉によってもたらされ、そこにむきだしになってくる世界は、人生にはなんの目標も、なんら新しいこともなく、そして苦痛や嘆息が永遠の砂時計のようにただくり返されるだけの世界だということです。しかし、たとえそうであっても、これが真実であるならば、それをどこまでも承認し、この実に苛酷な現実に耐えていかなければならないわけです。それどころか憎むべき、厭うべき側面をも含めて、このあるがままの現実世界を肯定していかなければならないわけです。

こうしてニーチェは虚偽で、残酷で矛盾に満ちていて、なんらの意味もない非合理的なこの現世的な生をそっくりそのまま肯定するわけですが、たんにそれだけではなく、死をもうち殺す勇気をもって、死にむかって〈これが人生だったのか。よし、それならもう一度！〉といわなければならないというのです。ここには苛酷な運命にみまわれたニーチェの、それでもなお人生に挑む姿があるような気がします。

ニーチェは四十五歳の時に狂気に襲われ、発病五年後には、もはや戸外の散歩ができないほど病状が悪化し、一九〇〇年、発病してから十年後五十五歳で世を去ったのです。

ニーチェの前に道はなく、ニーチェの後に道ができる、そんな生き方を彼はしたのかも知れない。


（平成十四年四月「燈　ともしび」第三十八号）

5　放送大生に期待したい

平成十九年度前学期入学の皆さん、これから皆さんは放送大学での学習をとおして多くの事がらを学び、豊かな教養を身につけていかれることと思います。

放送大学は、ご存じのように、主に自宅が学習の場になりますから、ひとりで学ばなければならないことが多く、その分孤独な戦いを、とくに怠惰になりがちな自分自身との戦いを、強いられることにもなります。ですから学習の道程はそれほど平坦なものではないと思います。しかし皆さんはこの戦いを耐え抜いていかなければなりません。そしてこの戦いに耐えてこそ、皆さんは他にかえられない生きた知恵を獲得し、この知恵は皆さんのうちに血肉化され皆さんの人生に活かされることになるだろうと思います。そうした皆さんにこれからの日本を期待したいのです。

テレビや新聞で報じられている悽惨な事件のニュースに接すると、世のなか全体がどこか狂っているのではないか、そんな感じさえします。人間は古来理性的動物とか、社会的動物であるかと定義されてきたのですが、いつのまにか、そのたががゆるんで人間の基底にある動物性が、つまりは野性の感情が剥きだしになってきているのではないか、そしてそこには、人間的ななにかが欠落しているのではないか、そんな思いがします。

傷ついて流血している鶏は、なかまの鶏たちにどのように扱われるのか。彼らからは流血している箇所を徹底的に攻撃されます。同情とか思いやりといったようなものは、ここにはそもそも存在しません。これが自然（野性）の掟です。こうした自然（野性）はそのままほっとけば、ついには人の手にはおえなくなります。ですから人間の社会には人びとがそれにのっとるべき人の道がどうしても必要になります。人道があっての人間であり、人間があっての人道です。

ところが人の道は直接的には自然からは導きだすことができません。人間はみずからの手で自分たちがしたがうべき道をつくらなくてはなりません。そこには、当然ヒトを人にする、いわゆる人間化する人間的働きがなければならないわけですが、この働きこそ教育の原点なのではないかと思います。

人間が人間らしくあるためには教育を欠いてはありえないし、そして、教育を欠いては人間の社会も成りたたないのに、まさにこの教育が、根本のところで、今病んでいるとすれば、人道はやがて荒廃します。荒廃すれば、あとに残るのは獣道です。そうあってはならないわけです。だからそうならないように人道への問いを、すなわちいく筋にも張りめぐらされた獣道のただなかで人道を求める問いをあらためて焚きつけて、根本的に問いなおす必要があるのではないか。昨今の現状をみると、人道への問いの必要性がますます痛感させられます。

もっとも、人道を重んじるからといって、人道主義を標榜している主義者からはなにもでてきません。彼らは人道を前もって与えられているものとみますから、それを自明のものと受けとっていて、そもそも人道のなんたるかをことさら問おうとしないからです。問いのないところにはなにも起こりません。

個性尊重主義者も同じです。彼らもまた個性個性と、個性の尊重を叫びますが、個性のなんたるかを問いません。あくの強い人、くせのある人、こうした人のことを時には個性的な人といいますが、この意味での個性をそのまま伸長することが個性伸長なのか。そうであるはずはない、というのであれば、個性とはなんであるか、あらためて問う必要があります。個性とは、他の人とは異なる個人の特性だといってみても、それは形式的なものであって、実質的にはなんの内容ももちあわせてはいません。机上の理論はヴァーチャルな像を描きだすだけです。みずから自分とむきあい、自分の能力や気質を知る人こそ、個性のなんたるかを問う資格があるわけです。

放送大学の皆さんはそれぞれおかれている境遇もさまざまで年齢もまちまちですが、ただ一点共通するところがあります。それは現状に満足せず少しでも現状を打破していこうとする向上心をもって勉強に勤しんでいるという点です。そこには、自分自身とむきあって、自分自身と対決しながら勉強している皆さんの熱意ある姿が感じられます。皆さんこそ、この混迷している、殺伐とした世のなかに、醇風を送り込んでくれる人たちではないか、そんな期待をよせているわけです。

（平成十九年四月「燈　ともしび」第五十八号）

6　中継ぎのゼミで「芸術」を問う

ソファーの袖のところに右肘をついた夏目漱石の肖像はよくみかける写真ではあるが、あまり細部に注意を払うこともなかった。

平成十九年度第二回学習センター所長会議の帰路（十月二十六日）、両国で下車して、「文豪夏目漱石」特別展にたち寄った。いつもなら素通りしてしまうこの写真の前で少したちどまった。そして写真の説明文に眼をとおした。そこで、小さな発見をしたのである。この肖像写真は明治天皇の大喪の礼の時に撮影されたものである、ということである。そういえば、よくみると左腕に喪章をつけている。これはわたしにとって新しい情報である。新しい情報を入手すると人に話したくなるのが人情である。こうして、この肖像写真の説明から、臨時の中継ぎのゼミははじまった。

体調を崩された前任の先生からの、なにせ急の引継ぎであったから、さしたる準備もしてなかった。そこで、ゼミの内容があまりあちこち脱線しすぎないように、芸術に関する手持ちの小論（「芸術とは何であるのか」拙著『思索と詩作』に所収）から漱石の芸術論とおぼしき箇所をとりあげて、それをゼミの中心にすえることにした。

漱石は『夢十夜』の「第六夜」で、こんな夢をみた、といって「仁王」を刻む運慶の様子を見物していた、ある若い男に次のようにいわせている。

「なに、あれは眉や鼻を鑿で作るんじゃない。あのとおりの眉や鼻が木の中に埋まっているのを、鑿と槌の力で掘り出すまでだ。まるで土の中から石を掘り出すようなものだから決して間違うはずはない。」

このせりふの前段で「仁王」を刻む、運慶の様子が描かれている。

「運慶は今太い眉を一寸の高さに横へ掘り抜いて、鑿の歯を竪に返すやいなや斜すに、上から打ち下した。堅い木を一と刻みに削って、厚い木屑が槌の声に応じて飛んだと思ったら、小鼻のおっ開いた怒りの鼻の側面がたちまち浮き上がってきた。その刀の入れ方がいかにも無遠慮であった。そうして少しも疑念を挟んでおらんように見えた。」

『夢十夜』のこのくだりを読むと、むしろ「仁王」の方が「早くオレをとりだしてくれ！」と運慶に要請しているようでもある。つまり運慶は「仁王」の側から指示され、そして指示された秩序にしたがって「仁王」の姿を刻んでいるようにもみえてくる。いってみれば、運慶は「仁王」に指令されたとおりにしているだけのようだ。

それにしても運慶が刻む「仁王」像のほんとうの姿は、実際、われわれにはそれを直接眼にすることはできないし、「仁王」が何処にいるのかその所在さえもわからない。そうであれば芸術作品は全く虚構の産物であり、芸術の世界は結局のところ嘘の世界ということになるのではあるまいか。

そうなると、われわれの実生活にとって、芸術がほんとうに必要欠くべからざるものなのか。むしろ必要不可欠のものではないのではないか。それどころか、ひょっとしたら芸術は、人の生活をなるほど潤いのあるものにするかも知れないが、しかしいざという時には、なくてもすますことのできるものであり、行き着くところその作品は経済市場で高価な値で取引される装飾品にすぎないのではないのか。こうした疑問が起こってくる。

そこで、こうした疑問をゼミの学生の皆さんに投げかけて、とどのつまりわれわれにとって、そもそも芸術とはなんであるかを問題にしたい。しかしそうはいっても、こちら側の思惑どおりに議論が進むかどうか全くわからない。

学生の皆さんのなかには、以前に劇作を書いていた人もいるし、美術に造詣の深い人もいる。また自分の存在とはなにかを考えて哲学書を読んでいる人もいる。そのほか経験豊かな学識のある人たちが揃っている。こうした人たちのなかで、こちらの思惑どおりに議論を進めていくのはむづかしい。先のことはわからないが、今のところは多少の紆余曲折はあるけれども、ほぼ順調に進んでいるようである。

ところで、わたしの議論の本音の部分は、結論的にいえば近松門左衛門の虚・実皮膜の論（穂積以貫『難波土産』）を典拠にして、芸術は虚構であるからこそ、かえってその虚構をとおして「事の真相」をわれわれにうち明けるのではないか、というところにある。わたしにとって、芸術とは真理をわれわれに語るひとつのすぐれた人間の様式なのである。「仁王」は運慶の芸術をとおしてはじめて真理を告知する。そして運慶の芸術をとおして、われわれははじめて「仁王」のなにものかを知るのである。この脈絡では、運慶の役割は「仁王」が姿を現わすためのひとつの通路にすぎないということである。

芸術と真理とを結びつける、こうした考え方を学生の皆さんに提示しても賛同するとはかぎらない。否、むしろ逆に、反対の意を表するだろう。芸術はあくまでも第一義的に美を作品のなかに実現するものではないか、と。

真理か美か、芸術をめぐる議論は尽きない。さまざまな角度からの議論が起こるにちがいない。けれども一義的な解決はえられないだろう。だからといって、こうした議論を避けてはならないだろう。むしろこうした議論の渦中から、われわれにとって芸術とはなんであるのかがおぼろげながらも浮かびあがってくるのではないだろうか。――学生の皆さんに期待したい。

年が改まり、平成二十年四月には、静岡学習センターは新しい所に移る。静岡学習センターは、これからますます発展するその途上にあるのである。

（平成二十年一月「燈　ともしび」第六十一号）

7　菊池寛『忠直卿行状記』を読む

——柵《しがらみ》を生きる侍たち——

平成十九年・学習センター特別ゼミ資料

忠直卿について『日本歴史大辞典』（河出書房新社）は次のように記している。

「松平忠直（一五九五～一六五〇）江戸時代初期大名。結城秀康の長子。一六〇七（慶長十二）年父の死により越前北庄六十七万石の大封を継いだ。このころ家臣が両党に分かれて争ったので、家康は本多富正・成重をして国政を援けさせた。大坂冬の陣に玉造に戦い、夏の陣には天王寺方面で真田幸村と戦い、これを仆し、従三位参議に叙任した。しかしその戦功にもかかわらず所領の加増がなかったため不満を強めた。家康の死後、病と称して参勤せず、その性わがままで悪癖が長じ、夫人である将軍秀忠の女を殺そうとし、家康の老臣氷見氏一家を族滅するなど、幕府に対して不遜の行動が多かったため、一二三（元和九）年改易されて豊後に流され、同国萩原に五千石を与えられた。ついで落飾して一泊と称し、謫地に病没した。」

菊池寛の小説はこの歴史上の人物に素材をとったものである。――物語は大坂夏の陣のくだりからはじまる。時に越前少将忠直卿は二十一歳であった。忠直卿は幼年時代より外部からは何らの抑制もこうむらず、彼の意志と感情とは思いのままであった。そして彼はいかなる事にたずさわっても人に劣り、人に負けたという記憶をもっていなかった。こうして周囲の者に対する彼の優越感情は年とともに培われ、自分は家臣たちとは全く質のちがった優良な人格者であるという確信を心の奥深く養ってしまっていた。大坂の夏の陣で勲功をたて、忠直卿は揚々とした心持ちで居城越前の福井へくだった。

それからというもの、彼は家中の若侍を集めて弓馬槍剣といったような武術の大試合を催して、夜は彼らをそのまま引き止めて一大無礼講の酒宴を開くのを常とした。

その日も彼は家臣を集めて槍術の大試合を催した。それは家中から槍術にすぐれた青年を集めてそれを二組に別けた紅白の試合であった。そして彼みずからも紅軍の大将として出場したのである。試合の形勢は終始紅軍の方が不利であった。紅軍の副将が倒れた時には、白軍にはなお五人の戦士が残っていた。紅軍の大将たる忠直卿はみずから三間柄の大身の槍をリュウリュウとしごいて勇気凛然と出場した。まことに山の動くがごとき勢いであった。小姓頭、馬廻り役、お納戸役の男たちはひとたまりもなく突き伏せられてしまった。次に出場した白軍の副将大島左太夫は、指南番大島左膳の嫡子で槍を取ったら家中無双の名誉を持っていた。この左太夫も烈しく七・八合槍を合わせたのち、したたかに腰のあたりを突かれ、よろめくところを再び胸の急所を突かれて退ぞいた。最後は白軍の大将小野田右近であった。右近は十二の年から京の槍術の名人権藤左門の門に入り、二十の年には師の左門にさえ突き勝つほどの修練を得ていた。しかし忠直卿は何物をも怖れない。二十合にも近い烈しい戦いが続いたかと思うと、右近は右の肩先に忠直卿の烈しい一突きを受けて、一間ばかり退ぞくと平伏してしまった。

試合ののち慰労の酒宴が催された。忠直卿は近頃にない上機嫌で、いたく酔ってしまった。酒宴の興がほとんど尽きかけた時、彼はつと立って「皆の者許せ！」といいすてたまま座を立った。忠直卿は奥殿へ続く長廊下へと出ると、かすかな月光がこぼれている庭へ下りてみたくなった。そして泉水の縁をめぐって小高い丘にある四阿へと入った。するとふと人の話し声が聞えてくる。声の調子から察すると、白軍の大将を勤めた小野田右近と副将の大島左太夫である。二人は先刻から紅白試合での忠直卿のことについて話をしているらしい。そのうち忠直卿は、右近の「以前ほど、勝をお譲り致すのに、骨が折れなくなったわ」という声を耳にした。右近の言葉を聞いた忠直卿は名状し難い衝動を受けた。それは激怒に近い感情であったが、その激怒は外面は盛んに燃え狂っているものの、中核のところには癒し難い淋しさの空虚が忽然と作られている激怒であった。彼は今までのすべての生活、自分の持っていたすべての誇りがことごとく偽りの土台のうえに立っていたことに気がついたような、そんな淋しさにひしひしと襲われたのである。今日のはなばなしい勝利も何処までが本当で、何処からが嘘なのか彼にはわからなくなった。今日のことだけではない。生まれてこの方自分が得たすべての勝利のなかで、どれだけが本物でどれだけが嘘のものであったのかわからなくなった。

予定を変更して次の日にも忠直卿は槍術試合を催すことにした。勝負は昨日とほとんど同様な情勢で進展したが、忠直卿は大島左太夫と戦う段になって、真槍での勝負を要求した。それは左太夫・右近に対する消し難い憎しみから出たとはいえ、一つには自分の正真の腕前を知りたいという望みもあった。真槍で立ち合えば、相手も秘術を尽くして立ち向かうにちがいない。さすれば自分の真の力量もわかると彼は思った。こうした忠直卿の振舞いをみて家中の者が彼の心のうちを解するのに苦しんで色を変じたのも無理はない。やや粗暴のきらいこそあったが、非道な振舞いはこれまで少しもなかったからである。

一方、左太夫は十分覚悟をしていた。昨夜の立ち話が殿のお耳に入ったための御成敗かと思えば、それは家来として当然受けるべきもので、左太夫には何とも文句のいいようはなかった。左太夫は三合ばかり槍を合わすと、忠直卿の槍を左の高股に受けて、どうと地響きを打たせてのけぞりさまに倒れた。左太夫が倒れると、右近は左太夫の取り落とした槍をひっさげてそこに立った。彼も左太夫と同じく、自分の罪を深く心のうちに感じていた。右近は一刻も早く、主君の槍先に貫かれたいと思ったらしく、忠直卿が突き出す槍先に故意に身を当てるようにして右の肩口をグサと貫かれてしまった。――その夜遅く、傷のまま自分の屋敷に運ばれた右近と左太夫の二人は時刻を前後して腹を割いた。その知らせを聴いて、忠直卿は暗然たる心持ちにならずにはいられなかった。彼はつくづく考えた。自分と彼らとの間には虚偽の膜がかかっている。その膜を、その偽りの膜を彼らは必死になって支えている。その偽りはうわついた偽りでなく、必死の懸命の偽りである。忠直卿は真槍をもって、その偽りの膜を必死になって突き破ろうとした。けれどもその破れは彼らの血によってたちまち修復されてしまったのである。忠直卿は自分ひとり膜の此方に取り残されていることをおもうと、いらいらした淋しさが猛然として自分の心身を襲って来るのを覚えた。

真槍の試合があって以来、殿の御痛癖が募ったという警報が城中に拡まった。ある夜の酒宴の席であった。第一の寵臣の小姓が忠直卿の大杯になみなみと酌をしながら主君に対する親しみから「殿には何故この頃兵法屋敷には渡らされませぬか。先頃のお手柄に、ちと御慢心遊ばしての御怠慢と、お見受け申しまする」と言上した。すると、思いがけもなく、忠直卿の顔は急に色を変じた。そして傍らにあった杯盤を取るよりも早く小姓の面上目がけて投げつけた。またある時、忠直卿と碁を囲んでいた老家老が、三回ばかり続けざまに敗れたあとで、人の好さそうな微笑を示しながらこう言上した。「殿は近頃、いかに御上達じゃ、老人ではとてもお相手がなり申さぬわ」。今まで晴れやかであった忠直卿の面を暗鬱の陰影がかすめたかと思うといきなり立ちあがって、二人の間に置かれている碁盤を足蹴にした。もはや忠直卿の心には、家臣の一挙一動はすべて一色にしか映らなくなっていたのである。小姓はその夜宿下がりを申し出て夜の明けるのを待たずに切腹した。老家老もまたその日家へ帰ると、皺腹をかき切って惜しからぬ身を捨ててしまった。こうした感情のくい違いが主従の間に深くなるにつれて、国政日に荒んで越前様乱行の噂は江戸にまで達するようになった。けれども忠直卿の心情はおさまるどころか、彼のもっと根本的な生活の方へもだんだんくい入っていった。

ある夜のことであった。忠直卿の寵愛を一身にあつめていた愛妾が連夜の酒宴に疲れはてたためであろうか。うつらうつらと仮睡に落ちようとしていた。その姿をみて、忠直卿は絶大な権力者のために身をまかせて、ただ傀儡のように扱われている女の淋しさがそこに現われているように思った。そして今まで自分の愛した女の愛がことごとく不純であったように彼には思われた。忠直卿の心情からみれば、恋愛、友情、親切のすべてが一様に服従の二字によって掩われてみえる。そこで彼は心から愛し返さなくてもいいからせめて人間らしく反抗を示すような異性を愛したいと思った。ところが、いろいろ試してみても少しも慰めをうることはなかった。そして、ついに彼はさらに非道な所業を犯したのである。それは家中の女房で艶名のあるものをひそかに探らしめて、そのなかの三名を城中に召し寄せたまま帰さなかったことである。主君の御乱行ここに極まると歎くものさえあった。

夫たちからの数度の嘆願にもかかわらず、女房たちは返されなかった。女房を奪われた三人のうち二人までが忠直卿の非道な企てを知ると君臣の義もこれまでと思ったとみえ、いい合わせたように相続いて割腹した。そうなると人びとの興味は、妻を奪われながら、ただ一人生き残っている浅水与四郎の身にあつまった。なかには臆病者として非難するものさえあった。与四郎は四・五日してから登城し、目附にお目通りを申し出た。目附はいろいろと宥めすかそうとしたが、無駄であった。その嘆願を聞いた老年の家老は「……この場合腹をかっ切って死諌を進めるのが、臣下としての本分じゃ。……」とブツブツと小言をいいながらも、小姓を呼んでその旨を忠直卿に伝えさせた。

忠直卿は思いの外に機嫌ななめではなかった。彼は自分の目の前に、自分の家臣が本当の感情を隠さず顔に現わしているのをみた。そして一種の懐かしささえ覚えた。与四郎は数日来の心労で色蒼ざめ、病犬のようになれはてた姿でひかえていたが、「殿！　主従の道も人倫の大道よりは、小事で御座るぞ。妻を奪われましたお恨み、かくの如く申し上げまするぞ」、彼はそういったかと思うと、飛燕のように身を躍らせて、忠直卿に飛びかかった。右手には早くも匕首が光っていた。忠直卿は訳もなくその利腕を取ってそこに捻じ伏せてしまった。そして「与四郎！　さすがに其方は武士じゃのう」といいながら、取っていた与四郎の手を放すと、「其方の女房も、さすがに命を召さるるとも、余が言葉に従わぬと申しおった。余の家来には珍らしい者共じゃ」といって、こころよさそうに哄笑した。忠直卿は二重の歓びをえていた。一つは、人から恨まれ殺されんとすることによって、はじめて自分も人間の世界へ一歩踏み入れることが許されたように覚えたことである。もう一つは、家中において打物取っては第一の噂のある与四郎の必死の匕首をみごとに取り押さえたことであった。このままお手打ちを、と嘆願する与四郎には何のお咎めもなかった。それればかりではなく彼の妻も即刻お暇を賜った。ところが与四郎夫婦は城中からさげられると、その夜枕を並べて覚悟の自殺を遂げてしまっだ。何のために死んだのか、確かなことはわからなかった。おそらく相伝の主君に刃を向けたのを恥じたのと、かつ彼らの命を救った忠直卿の寛仁大度に感激したためであろうが、忠直卿はふたたび暗澹たる絶望的な気持ちに陥ってしまった。

忠直卿の乱行はその後もますます進んでいった。そして何の罪もない良民を捕えて、これに兇刃を加えるに至った。しかし、それも無限には続かなかった。幕府は忠直卿の御生母清涼尼を越前へ送って将軍家の意をそれとなく忠直卿に伝えることにした。忠直卿は改易の沙汰を思いの外たやすく聴き入れられ、豊後の国に赴かれた。そしてその途次、敦賀で入道され法名を一伯とつけられた。時に元和九年五月のことで、忠直卿は三十の年を越したばかりであった。晩年はこともなく過され、慶安三年九月十日その地で薨じた。享年五十六であった。

――以上が『忠直卿行状記』のあらすじである。ここで問題なのはこの小説が事実に即しているかどうかではない。問題はこの小説での忠直卿と、彼を取り巻く武士たちの振舞いをどう考えるかである。

忠直卿は白軍の大将・右近の一言によって自分の世界が虚偽のうえに構築されているような気持ちに襲われる。それだけに彼は真実を知りたいと思う。ところが真実を知ろうとすればするほど彼の行動は家臣にとっては狂気の沙汰のようにみえる。忠直卿と家臣の間には主と従という関係が幾重にも厚い壁のように張りめぐらされていて、彼はそれを破ることができない。すべての行為はこの関係のなかで起こる。しかしこの関係のなかで起こることは、忠直卿にとっては、どこまでが真実で、どこまでが虚偽であるかが全くわからない。すべてが偽りのように思える。しかもその偽りはうわついた偽りなどではない。文字どおり必死の偽りなのである。

ところが家臣の側からみると、紅白試合の大将・副将をつとめた右近も左太夫もともに主君との立ち会いに勝つことは許されないことだと思っている。ましてや主君に傷を負わすことはまかりならない。彼らになしうることは、それとはさとられずに勝ちをゆずることである。そうでなければ、彼らの行為は家臣にあるまじきものとして他の家臣たちから非難されざるをえない。彼らは生命を賭してまで主従の関係を守らなければならないのである。こうして主従の関係は主人側にも従者側にも柵《しがら》む。そしてこの柵《しがらみ》が双方にあるべき振舞いを設定するとともに、双方の間に障壁を作ることになる。だから主人側にとってはその障壁のために自分の知ろうとするものが真実味を帯びて現われてこない。寵臣の小姓の言上も老家老の言上も、それが主君に対する親しみや本音からであるにしても、忠直卿には真実味のない言葉にしか思われない。

ところが小姓と老家老にとっては、むしろ彼らに対する忠直卿の振舞いこそ主人の心情をはかりかねる不可解な仕打ちでしかない。この仕打ちに彼らはみずからの死をもって応じることになる。主従の柵は彼らの生・死の根底にまで深くからまっているのである。

妻を奪われ君主に刃向かった浅水与四郎の場合も例外ではない。忠直卿に対するお目通りの嘆願は老年の家老からみれば血迷いごとである。与四郎のなすべきことは死をもって主君を諫めることである。それが臣下としての本分である。まわりの家臣たちからみても君臣の義もこれまでと思って相続いて割腹した二人の行為の方が武士の本分にかなった道であるように思える。彼らは二人の死の原因を「避くべからざる運命」のように考えていたからである。そうなると彼らには与四郎が運命の前でたじろいでいる臆病者のようにみえる。

ところが忠直卿からみれば、主従の道も人倫の大道よりは小事であることを進言して忠直卿に飛びかかっていった与四郎こそまことの武士である。忠直卿が人倫を犯してまでみようとした、まことの生身の人間の姿がそこにあったからである。だが、忠直卿の心情をなごませたこの光明も、与四郎夫婦の覚悟の自殺によってもろくも消失する。与四郎夫婦もまた彼らにからむ柵のなかに消え去っていったのである。そうなると与四郎が匕首をもって迫ったのも潔くお手打ちになるための手段にすぎなかったように思われる。真実は忠直卿にとってはまたもや闇のなかにつつまれることになる。

こうして忠直卿をとりまく人びとの行為はすべて服従の二字に置きかえられてしまうので、どうあがいたところで彼は家臣たちからは真実を知ることができない。彼はそうした宿命を背負っているとしかいいようがないのである。

主従の関係において、主が自分にからまる柵を無視すれば暴君になる。従者が自分にからまる柵を無視すれば反逆である。忠直卿はみずから暴君になることによって反逆を誘発し、家臣の反逆のうちに人間らしさを求めた。反逆はなるほど人間の剥き出しの姿をみせる。ところが与四郎の反逆はあくまでも家臣としての反逆であってそれ以上のものではない。そのため彼の反逆も結局は主従関係の柵のなかに没していかざるをえなかったのである。

ところが忠直卿にとってはこうした家臣たちの振舞いは偽りのヴェールにおおわれているとしか思えない。家臣は家臣たるかぎり、家臣としての柵にとらわれている。それゆえその行為は主従の柵をぬきにしては考えられない。しかもこうした柵が忠直卿を主たらしめてもいるわけであるから、忠直卿は主従の柵をとおしてしか家臣と触れ合うことができない。そこに孤独地獄に陥らざるをえない忠直卿の苦悩と悲劇があったのではないか。そしてこの柵を断ち切るためには、彼は結局みずから落飾せざるをえなかったのではあるまいか。

人間関係にからむ柵は時として人生に重大な事柄をもたらす。忠直卿をとりまく侍たちは主従の柵に殉じたが、われわれの時代は忠直卿の時代とは全くかけ離れている。だから何かに殉ずるようなことはないかも知れないが、それにしても、われわれは日本文化という、さまざまな人間関係が織りなす世界に住んでいる。そうであれば、日本人の習性のなかでとくに重要な位置を占めていると、ルース・ベネディクトが指摘する(『菊と刀』長谷川松治訳)「恩」とか「義理」についてはどうなっているのか。現代のわれわれはそれらから全く自由なのか。彼女の指摘するところによれば「恩を忘れない」とか「義理を知らぬ人間」とかということが何世紀もの久しい間にわたって、日本人の習性のなかでつちかわれてきたという。ひょっとしたら「恩」とか「義理」とかの柵が今もってなおわれわれの心性にからまっているのではないだろうか。柵とは、そして絆とは何か、われわれの時代はあらためて、このことを問う必要があるのかも知れない。

（放送大学静岡学習センター）

三　人間、この病めるもの

1　主題への前奏 ── 病める詩人の素描

数奇な運命

詩人室生犀星は明治二十二年八月一日、石川県金沢市に生まれた。われわれは自分の生年月日をこともなげに書きしるす。しかし、この詩人が自分の生年月日を書きしるす時には詩人の胸中に万感の想いがよぎったにちがいない。それほど詩人の出生は数奇な運命を担っていた。

詩人は不義の子であった。不義の子である自分の誕生の経緯を、詩人はみずからこうしたためている。

「父は足軽組頭で、祿高二百石、おそらく六十くらゐの時分に、妻に先立たれた彼はつい小間使いに手をつけ、そしてその小間使いさんのお腹が大きくなつて驚いたのである。足輕組頭でも瓦葺き門構へと、欅四枚戸の玄關式臺に二本の長槍をらんまに架けた手前、女中さんのお腹の子を正式にはこの屋敷では生んで育てるわけにゆかなかつたのである。

屋敷の敷地は手廣く、一圍ひの茶の畠があつた。ここにちよつとした禮金を添へて、毎初夏に茶の芽を摘みに來る女と小娘がゐた。」

「小娘はお初さんの養女で、間もなく年頃になつたら何處かに勤めに出すために育ててゐたのだが、もう十くらゐになつてゐた。恰度その茶摘みに來たお初は當主小畠彌左衛門の小間使いの腹の子を、彌左衛門がその始末に困り切つてゐる矢先に引き受けたのである。初夏のうららかな日の下で月いくらといふ扶養費で、お初と彌左衛門の間に約束が交され、腹の赤ん坊はその翌々月の八月の朔日に生れたのである。へそに血のにじんだ子が、すなわち私といふ人間のはじまりで、お茶の芽摘みに來た者との間に、犬の仔のやうにやろうかもらはうかといふことになつたものである。」(『私の履歴書』)

不義の子ら

お初は親元からのみいりを目当てに、不義の子らを養育している女であった。養育といっても、お初の胸算用はとにかく子どもらを大きくし、大きくなれば女は娼婦に売り、男は勤めさせて、その金を自分の飲み代に当てることであった。

男と女がどんな罪を犯そうと、そして彼らにどんな事情があろうと、生まれてくる天真な子に罪はない。しかし不義の子は不義ということで、生まれながらにして不幸な運命を背負うように強いられる。みずから犯したのではない罪を、不義の子は償わなければならないのである。

詩人がもらわれていった時、お初はすでに、茶摘みにつれてきていた女の子と、そのほかに男の子を育てていた。その女の子がはじめて勤めに出ていく時の様子を詩人は書きつづっている。

「明治三十年に女の子は十九歳になり、能登の海岸の町に一娼婦の仕事を持つて人力車といふものに乗つて、出かけた。口入稼業人とか、仲使ひとか、衣裳屋とかいふ奴らを相手にお初はそれぞれに、朝からの振舞ひ酒で上機嫌であつた。その當時、女の身賣り三年間の金高はどれだけの金高であるか判らないが恐らく五六十圓くらゐがせいぜいで、口入料とか、反物衣裳代を引いた後でもお初の懐中には、充分の飲代があつたわけである。
私は車の幌をおろす前に姉の顔を見て、少しもその顔が悲しみにゆがんでゐることを認めなかつた。むしろ私の方が何の事だか譯が判らないのに、酒くさい家の茶の間から姉のすがたがさつとさらはれて行つたといふことに、わあと聲をあげて表戸の車の下まで馳り出て泣いたものであつた。」(『私の履歴書』)

復讐の心

こうした詩人の出生と生立ちは詩人の魂に色濃く影を落とし、終生詩人につきまとう。だが詩人はその影を凝視する。決してそこから逃避しようとはしない。自分の魂を形作ってきた生立ちが、どんなにみじめで過酷なものであっても、そこから逃避してなにがえられようか。詩人の情念は、つもりつもって復讐心へと凝縮する。

「他の作家は知らず私自身は様々なことをして來た人間であり、嘗て幼少にして人生に索めるものはただ一つ、汝また復讐せよといふ信條だけであつた。幼にして父母の情愛を知らざるが故のみならず、既に十三歳にして私は或る時期まで小僧同様に働き、その長たらしい六年くらゐの間に毎日私の考へたことは遠大の希望よりさきに、先ず何時もいかやうなる意味に於ても復讐せよといふ、執拗な神のごとく嚴つい私自身の命令の中で育つてゐた。」（文藝評論「復讐」）

絶望する詩人

詩人は故郷の現実に絶望していた。それはどうしようもない絶望である。その絶望は時として反感になる。詩人には、父・母やお初、そして自分のおかれたみじめな境遇に対してやるかたない反感とうらみがある。それは詩人の心のなかで復讐心へと昂じていく。しかし詩人は故郷をすっかりみすてることができない。復讐心が昂じれば昂じるほど、故郷はそれとはうらはらに重く心にのしかかってくる。詩人は故郷をすてかねている。このことが詩人に複雑な陰影を投げかける。

ふるさとは遠きにありて思ふもの

そして悲しくうたふもの
よしや
うらぶれて異土の乞食となるとても
帰るところにあるまじや
ひとり都のゆふぐれに
ふるさとおもひ涙ぐむ
そのこころもて
遠きみやこにかへらばや
遠きみやこにかへらばや

（「小景異情」その二）

故郷と異土

ここにうたわれたふるさとの詩の、ひとつびとつの言葉に詩人の魂の苦悩がひびき渡っている。「ふるさとは遠きにありて思ふもの／そして悲しくうたふもの」。これはたんなる望郷の詩ではない。むしろ詩人は故郷にいて「みやこ」を遠望してうたっているのである。詩人にとって故郷

「金沢の現実世界は淀んだどうにもならぬ水」(奥野健男)であった。もがけばもがくほどどうにもならない泥沼の世界であった。「よしや／ぅらぶれて異土の乞食となるとても／帰るところにあるまじや」。詩人は率直に自分の心情を言葉にする。故郷は詩人にとってどうみても安住の地ではなかったのである。

ところが詩人はまた「ひとり都のゆふぐれに／ふるさとおもひ涙ぐむ」といぅ。詩人の心には、やはり故郷が大きな比重を占めている。異郷の地を想うだけでも、詩人の胸中には郷愁の感傷がどうしようもなくよぎるのであろうか。しかしそれでもなお詩人は「遠きみやこにかへらばや」といぅ。詩人の魂は故郷と「みやこ」のはざまでゆれ動く。故郷にいてもいたたまれず、だからといって異郷もまた安住の地ではない。異郷の地で、「越後の山」のかなたに故郷をみたのであろうか。詩人はまた、ひたぶるにものさびしい心情をなんの作為もこらさずにしたためている。

したたり止まぬ日のひかり
うつうつまはる水ぐるま
あをぞらに

越後の山も見ゆるぞ
さびしいぞ
一日もの言はず
野にいでてあゆめば
菜種のはなは波をつくりて
いまははや
しんにさびしいぞ　　（「寂しき春」）

故郷への想い

この「さびしいぞ」、「しんにさびしいぞ」という言葉にいわんとする一切のものを込めている。あれがさびしい、これがさびしい、ということではない。苛酷な運命を経歴してきた、あまりに孤独な魂がやすらぎの地をみいだしかねて、どうしようもなく叫んだ言葉である。しかもこの「さびしいぞ」という言葉の律動にはなぜか故郷への想いにかられる魂のうめきがこもっている。

異郷に死す

いったい詩人にとって故郷とはなんであったのか。故郷は一面において詩人を拒絶する苛酷な現実そのものであった。それでいて他面、故郷への想いは詩人の魂の奥底にいすわっている。詩人の魂は故郷と異郷のはざまで病み、そして故郷と異郷のあいだをゆきつもどりつする。しかしそのことがむしろ詩人を詩人として成りたたせているのである。

生まれ故郷に安住し、すべてのことが平面的な図表のなかで現われてくる人には詩人の憂いは理解しかねる。その人がどんなに美しい言葉で故郷を飾っても、言葉は地に根づかず、表層をすべり、からまわりするにすぎない。ただ故郷に心を病み、そして病むことに耐えた人だけが故郷を語る。故郷はその人をとおしておのれがなんであるかを告げるのである。

故郷——それは春吹く風かも知れない。それは昼下がりの日ざしかも知れない。それはまた家々の煙突からたちのぼる煙かも知れないし、魚を焼くにおいかも知れない。総じて故郷とは、もとめようとすればたちどころに消え去ってしまうものなのかも知れない。だが故郷は病める詩人になにかを告げる。そして詩人はうたう。詩人の詩には、そこで生まれ育ち、そこに生きた人たちだけが味わうことのできる感触がただよっている。それは同時に病める詩人の魂のひびきでもあった。

うつくしき川は流れたり
そのほとりに我は住みぬ
春は春、なつはなつの
花つける堤に坐りて
こまやけき木のなさけと愛とを知りぬ
いまもその川のながれ
美しき微風ととも
蒼き波たたへたり
（「犀川」）

この詩人は昭和三十七年に異郷でその生涯を閉じた。

2　病とその根

（a）病むという現象

病に対するわれわれの態度

詩人犀星は彼自身にはなんの罪もない、自分のおかれた境遇に煩悶していた。それは彼自身どうすることもできない宿命によるものであった。

こうした事例に遭遇すると、われわれはいたく同情する。しかしこの同情はあくまでも第三者的な立場に身をおいてのことであり、結局は特殊なものとして、知らぬまにそれとは関係のないところに、われわれはしりぞいてしまっている。まさにこうした態度そのものが病むという現象に対するわれわれの態度をすでに物語っているのではあるまいか。

病むということ

一般に病むということは、少なくとも精神的側面に関するかぎり、なにものかのために病むことであり、そのものについての主観的な苦しみを表明している。してみれば、病むことはほかならぬひとりびとりの主体にかかわる事象であり、病むことの苦しみをみずから経歴しないかぎり病むことは他人ごとのたんなる事例にすぎない。

病からの逃避

もともと病とはわれわれにとってみずからもとめはしなかったなにものかである。たとえ病が、われわれ自身の責任の結果として引き起こされた時においてでさえも、病そのものはわれわれが本来もとめた結果なのではない（シュプランガー『文化病理学』篠原正瑛訳）。いわば病とはわれわれがなんら望みもしなかった現象のひとつなのである。それだけにわれわれは自分自身の病からもできるだけ遠ざかろうとする。そしてわれわれは病をひとつの異常な現象とみて、われわれが通常、正常なものと考えているものからは排除しようとする。このことがむしろ人間の病の問題をおおい隠してしまっているのである。

異常な体験

J・P・サルトルは『嘔吐』（白井浩司訳）で主人公ロカンタンに次のような体験を語らせている。

「いましがた、私は公園にいたのである。マロニエの根は、ちょうど私の腰掛けていたベンチの真下の大地に深くつき刺さっていた。それが根であることを、もう思いだせなかった。言葉は消え失せ、言葉とともに事物の意味もその使用法も、また事物の表面に人間が記した弱い符号もみな消え去った。いくらか背を丸め、頭を低く垂れ、たったひとりで私は、その黒い節くれだった、生地そのままの塊とじっと向いあっていた。その塊は私に恐怖を与えた。」

「存在はふいにヴェールを剥がれた。それは抽象的範疇に属する無害な様態を失った。存在とは、事物の捏粉そのものであって、この樹の根は存在の中で捏られていた。と言うか、あるいはむしろ、根も、公園の柵も、ベンチも、芝生の貧弱な芝草も、すべてが消え失せた。事物の多様性、その個性は単なる仮象、単なる漆にすぎなかった。その漆が溶けた。怪物染みた、軟くて無秩序の塊が――怖ろしい淫猥な裸形の塊だけが残った。」

異常な体験の意味

このような体験を語る人を、われわれは即座に精神に異常をきたした人のなかに数えあげて、われわれはこうした人とは異なる正常な人間であると思い込んでいる。なぜなら、われわれのまわりのものにはすべて名前がつけられていて、それらのものはわれわれにとっては既知なるものとして、それらのものがある親近感をもって現われてくるのを、われわれは〈当たり前〉だと思っているからである。

しかし、それにしてもロカンタンの体験はそれほどわれわれにとって無縁なものであろうか。われわれはひとりびとり固有な名前をもっている。この名前は、誰がどんな理由で名づけたにしろ、とにかくわれわれがみずから選んだものではない。けれども長い歳月のあいだに血肉化し、われわれとその名前とは一体化してしまっている。だが、ふりかえってみれば、われわれに名前がつけられる段階でわれわれは別の名前でもありえたわけで、その意味ではわれわれの名前は全くの偶然の所産でしかありえない。してみれば、われわれ自身とその名前とのあいだにいつか亀裂が生じ、われわれの名前がわれわれ自身にとってよそよそしくなる事態がおこらぬともかぎらない。その時こそわれわれはわれわれ自身がなにものであるのかを真剣に問わざるをえない局面にたちいたるにちがいない。

ロカンタンの体験は、われわれが通常こともなげに暮らしている日常の世界にひとつの波紋を投げかける。彼の異常な体験はむしろわれわれが日頃眼をおおっている事態に光を当てているのである。

病むことはなるほどわれわれにとってひとつの異常現象であるかも知れない。しかし病むことは〈そのために〉病む〈なにものか〉をわれわれに通示してくるわけで、そのものはロカンタンの場合のようにわれわれになにか重大なことがらを物語っているのかも知れないのである。こうした病の根をどこまでも直視し、異常さのなかにむしろ自己本来性への通路をみいだそうとするのが〈実存〉の思想である。だからこの思想は漠然とした大衆にではなく、ひとりびとりの人間の魂に直接訴えようとするわけである。

（b）実存の思想

苦悩する魂

そもそも実存の思想は、どうしようもない憂鬱にとらわれた、デンマークの青年S・キルケゴールの、苦悩する魂の告白に端を発していた。彼は自分にとって真理であるような真理を血眼になってもとめていた。自分にとってどうでもいいような客観的な真理をもとめたところで、そもそもそれがなんの役にたつのであろうか。

キルケゴールにとって問題なのは、あくまでも、孤独、不安、絶望、虚無などにつらぬかれている生きた生身の人間であった。こうした境涯から帰結してくるもの、それは人生への執拗な挑戦であり、人生に対する仮借のない裁きであった。しかしこのことは同時にまた彼自身の人生をも裁きの庭に包み隠さず披瀝することでもあった。彼の魂の煩悶はさまざまな形で叶露される。それはおのずと「現代の批判」へとつらなっていく。

「現代は本質的に分別の時代、反省の時代、情熱のない時代であって、瞬間的に感激に沸きたつことがたっても、如才なくすぐにまた冷淡にとりすましてしまふ。」(『現代の批判』飯島宗亨訳)

罪の意識

一八四六年に書かれたこの批判は今日の時代にまでおよぶ射程をもち、われわれの心にのしかかってくる。それどころか、こうした批判を眼にすると、昨日書かれたかのような趣さえ感じられる（ヤスパース）。

当時、キルケゴールは罪の意識にいたく心を病んでいた。だから、彼は執拗に人間の罪性を凝視する。だが人間の罪性に眼をむければむけるほど、彼はまわりの人びととの離間を感じざるをえなかった。

「もともと罪はいかなる学問のなかでも市民権をもちえないものである」（『不安の概念』斎藤信治訳）。それなのに人びとはそれを学問の内部で処理し、罪に対してある決着をつけてしまっている。こうした態度においては、罪はひとりびとりの人間にさし迫ったものとして問題にされることはない。要するに罪は、しばしば人びとの口にのぼることはあるにしても、結局自分とは直接関係しないところにおかれてしまっているのである。こうした時代は、彼からみれば、分別ばかりが先行し反省はするが情熱のない時代であり、平均的人間ばかりが横行する時代であった。

彼のこうした考え方は当時好奇のまとであったし、なるほどセンセーションをまきおこしはしたが、まだ真剣に受けとめられるまでにはいたらなかった（ヤスパース）。

実存の思想

ところが、二十世紀になってキルケゴールの思想はドイツ哲学会に登場し、〈実存の思想〉へと定着する。従来の哲学においては、ほとんど問題にされなかった死とか、不安とか、人間がそこではどうしても挫折せざるをえない限界状況とか、そういった問題がこの思想のテーマになる。いわばこの思想は、人生の暗黒面をえぐりだし一般の人びとができれば素通りしたい部分に光を当てることによって、全くよるべのない、自分がそこにあるとしかいいようのない状態へと人間を連れだすのである。そしてひとりびとりの人間にそこで本来の自分を探り当てるようにしむけるのである。この思想の背景には、近世以来われわれの住む世界が、もはやわれわれが人間として生きられないような、そうした様相を呈してきたことが前提になっていた。この思想の代表者たちからみれば、〈現代という時代〉は世界歴史上またとない暗黒の時代に化しつつあるのである。

（c）現代という時代

危機の意識

近世の初期の時代の、技術文明は恵みをもたらすという、人びとの期待と希望は、歴史の展開とともに色あせて、徐々に失望の色に変わっていった。そして機械文明と魂の内面の問題とのあいだに〈ずれ〉と〈ゆがみ〉を感じはじめた時、多かれ少なかれ人びとは危機の意識にとらわれていった。

理性の自己確信

そもそも中世から近世への過程は、人間が自分の理性的能力にもとづいてみずからおのれの法則を定めうるという確信への解放でもあった。こうしたことが可能になったのは、「それ自身克服された伝統の地盤の中に根源をもっていたひとつの思想が――すなわち、人間は神の似姿であるかぎり、何よりもまず理性的存在者として理解されなくてはならないという思想が――、いわば当然のこととして維持されたからである」（ランドグレーベ『現代の哲学』細谷貞雄訳）。こうして人間は自分の現実存在を理性の自己確信にもとづけることになったわけである。

質の、量への換算

ところがこの理性があらゆるものを裁定する最高審にまでせりあげられ、数学的思考方法をとるようになると、その結果として、われわれ人間の非理性的な側面は理性によって切りすてられざるをえなくなり、質は均一化され、量へと換算されるはめになった。こうしてわれわれの理性が数学的思考のなかに絶対的な確実性をみいだした時すでに、われわれは質を量に換算していく思考様式をすべてのものに適用していく結果におちいっていったのである。そしていまやあらゆるものに平均値がとられ、それを尺度にして正常・異常が測定されている。そこに支配するのはたんなる理屈であり、さらにその理屈が理屈を生みだしているのである。そもそも言葉は人と人との魂のふれあいの表現でもあった。それなのにその言葉はたんに消費されるだけで、現代人にとっては〈うつろ〉なひびきしかもたなくなっている。

感情の頽廃

E・フロムはこうした状況のなかで起こっている感情面の頽廃状態について次のように解釈している。

「われわれの社会においては、感情は一般に元気を失っている。どのような創造的思考も——他のどのような創造的活動と同じように——感情と密接に結びあっていることは疑う余地がないのに、感情なしに考え、生きることが理想とされている。『感情』とは、不健康で不均衡ということと同じになってしまった。この基準を受けいれたため、個人は非常に弱くなった。かれの思考は貧困になり平板になった。他方感情は完全に抹殺することはできないので、パースナリティの知的な側面からまったく離れて存在しなければならなくなった。その結果、映画や流行歌は、感情にうえた何百万という大衆を楽しませているような、安直でうわっつらな感傷性に陥っている。」（『自由からの逃走』日高六郎訳）

断絶と精神分裂

確かに現代人は自分のまわりの世界と自分の内面とのあいだにいかんともなしがたい断絶を感じている。こうした事態はかつては二、三の人の予感にすぎなかった。ところが技術文明が極度に発達した今日では、まわりの世界と自分の内面とのあいだのへだたりはもはや容易に橋渡しできるような裂け目ではなくなっている。現代人の精神のまわりにはおびただしい量の情報と知識がうずをまいている。だがそれらのものは切れ切れの断片として点在し、それらがひとつながりの全体として秩序づけられた形では現われてこない。こうした状況のなかでは精神そのものもまた分裂せざるをえない。

H—H・シュライは精神の分裂的現象があらゆるところに波及していると述べ、「分裂病」はたんに精神病院に隔離された少数の人間の病ではなく、「現代に生きているわれわれのひとりひとりを脅かしている意識の分裂」であり、いまや全く「時代病」となっていると指摘している（『二十世紀の世界像と信仰』津田淳訳）。

日曜神経症

はたして現代の人びとがどれほど精神分裂病的な〈自覚症状〉を訴えているかは定かではない。だが今日よくいわれる「疲れない疲労病」とか「日曜神経症」という病（昭和五十二年一月十一日付『朝日新聞』「天声人語」）はもはやわれわれにとって人ごとではない問題を提示している。これらの病は仕事から解放されるとかえって疲労をおぼえたり、「たまの日曜日なのに、落ち着かず、とても一人でじっとしておれない」という症状を呈するという。もしかしたら、われわれすべてが、もちろん程度の差はあるにしても、すでにこうした症状を呈しているのではあるまいか。

現代人の姿

とにかく今日人びとは全体性へのつながりを失い、機械的に仕事に従事することで自分を忘れ、本来の自分を知ろうとはしない。だからなにが善でなにが真実であるのかの〈みさかい〉さえつかなくなっている。ここにわれわれ現代人の姿がある。われわれは浮遊しているのである。こうしたわれわれの姿が、われわれの存在がそこから由来した故郷の喪失がいまやわれわれにとってのっぴきならない問題であることを告げている。してみれば現代を問うことはおのずから故郷喪失の問題へとつらなっていく。はたしてわれわれの省察が技術文明のなかでどうしようもなく病んでいる人間に故郷へと通じる道を切りひらくことができるであろうか。

3　故郷とその喪失

技術文明の支配

前説でみたように、今日技術文明はあらゆる領域におよんでいる。技術はもはや機械生産の領域にかぎられるものではなくなっている。むしろ人間存在そのものをその根底からゆり動かし、人間のものの観方・考え方そのものを変革しはじめている。感情や情緒が抑圧され、理性的操作のみが重視されて、すべてのものが理性の支配のもとで操作されはじめている。こうした事態がさらに進行すれば、とどのつまりは、自然はたんなる資源になり文化は人為的に操作されるものになる。それだけではない。そのことによって人間自身も技術的世界の機構のなかに組み込まれる。そこではすでに人間は用に具わるものとみたてられているわけで、結局人間もまた、自然と同じように、資源のひとつにならざるをえないのである。

してみれば、たとえいかなる機械装置が作られても、そしてまたその装置の性能や助成力のどのひとつをとってみても、もはやそれはわれわれに、われわれが本来そこから由来し、真に寛ぐことのできる故郷的なものを与えることはできない。むしろそうした装置はかえってわれわれを最新なもの、より最新なものへと駆りたてる。もはやわれわれの住居は住む装置となり、便利さだけが優先しテレビや冷蔵庫と同じように消費されることになる。われわれはどこにもやすらぎの場をみいだすことができず、一切のものがわれわれを退屈させる。われわれはそれとなく退屈し、けだるさだけがわれわれを支配するようになる。こうして、現代人のこの病的症状は現代技術の支配とひとつながりの現象として現われる。

底の深い退屈

一九六一年七月二十二日、ハイデッガーは故郷メスキルヒの七百年祭によせて故郷の夕べのひと時を故郷についての省察についやしているが、そのおりに彼は、現代の人間がどうしようもない退屈によってすみずみまで気分づけられていることを指摘して、このどうしようもない退屈に眼をむけている。彼によれば、この退屈はあれこれのものがわれわれを退屈させるというのではなく、われわれを退屈させる特定の対象がもはやどこにもみいだせないということである。逆にいえば、一切が退屈で一切がどうでもよいということなのである。この底の深い退屈によって支配されている現代人は、もて余している時間の徒然をなんとかとりのぞこうとして病的に娯楽に興じるはめになる。底の深い退屈はこうして気ばらしへの病的な熱病という形で現われる。だがこの退屈のなかに、ハイデッガーは隠れた郷愁の息づきを感じとっている。つまり、現代人を病的に駆りたてている、この底の深い退屈の裏面に、それとして明確に認識されることは稀ではあるが、現代人の、故郷へのつながりが連綿として生きつづけているというわけである。それにしても、こうした郷愁のなかでわれわれの胸に迫ってくる、われわれの故郷とはいかなる〈ところ〉であろうか。

故郷

われわれにとって故郷とはすべての問いがそこからおこり、そこへとうち返されていく〈ところ〉であり、それは、詩人犀星にとってもそうであったようにわれわれをとりまいている自然の力と歴史的伝統の反響とがひとつとなり、いにしえから培われてきた風習がわれわれの現実存在を規定している〈ところ〉である。犀星はこうした故郷に絶望し、いたく心を病んでいたが、それでいて、彼はまたかぎりない郷愁をいだいていたのである。そこに彼の煩悶があったわけであるが、まさしくこのことが詩人の原動力にもなっていたのである。

聖なる地

こうしてみると、情熱的に故郷をもとめていた詩人にとって故郷はもはや日常生活のたんなる延長線上にある物理的な場所を意味するものではない。他の地域とは異質の、詩人にとって特殊な意味をもつ場所として、そしてまた、詩人がそこから自分の存在の由来と規定とをえている場所として、故郷は詩人にとっていわば〈聖なる地〉であり、活力の源でもあったのである。こうしたところに実はわれわれと故郷とのつながりの汲みつくしえない意味が隠されている。

いにしえの人びと

かつていにしえの人びとは、われわれがいま故郷とよんでいるところに居を構えた時、なみなみならぬ努力をそこに傾注した。というのも、宗教学者M・エリアーデによれば、彼らが「或る地域に定住し、住居を建てることは、つねに——個人にとっても、或る共同体にとっても——きわめて重大な決断を下すことを意味」していたからである。その理由をエリアーデは次のように説明している。

「何となれば、それは人が住もうとする世界を創造すること、すなわち神々の所業たる宇宙開闢に倣うことであるからである。それはしかし必ずしも容易なことではない。というのも悲劇的な、血塗られた宇宙創造もあり、神の行為を模倣することを課せられた人間は、これをもまた再現せねばならないからである。神々は海の怪物、太初の魔性を殺戮寸断して、それから世界を創造せねばならなかった。——それゆえ人間も自らの世界、都市あるいは家を作る場合には同じことをなさねばならない。建設の際の血腥い、あるいは象徴的な供犠、無数の〈建設犠牲〉の形式はこのことから説明される。」

（『聖と俗』風間敏夫訳）

ある地域に居を定めるということは、いにしえの人びとにとっては、現代のわれわれが考えるほど簡単なことがらではなかった。エリアーデによれば、いにしえの人びとは彼らの血と汗を最大限その生活場にそそぎ、カオスからコスモスへの世界創造のために、彼らはなみなみならぬ勢力をついやしたのである。その際、儀礼は彼らにとってきわめて重要な意味をもっていた。というのも「儀礼の効果を通して、『形態』が与えられ、その形態がそのものを真実なもの」としたからである。また彼らの行う年中行事もそれ自体深い意味を担っていた。毎年くり返される祝祭において太初の神々の業が再現され、そしてこの祝祭における聖なるものへの参与が、彼らがくり返し神々の現在に生きることを可能にしたのである（エリアーデ）。そのうえ、こうした祝祭は彼らにとって自己再生の意味をももっていたし、このくり返しが、また彼らの故郷にその歴史的年輪を刻んでいったのである。

故郷喪失の危機

ところが今日のわれわれはこうしたものをたんなる因襲としてのみ受けとり、祭祀はすべて観光化され、祭祀の重要性は遠い過去のものとして葬られてしまっている。かつて故郷はわれわれがそこに住んだ現実の世界であり、われわれの人格形成が行われたところであった。してみれば、故郷はなんらかの形でわれわれの精神に同化され、われわれの原点を形成しているはずである。こうした意味で故郷とは自然的風土のうえに歴史的風土がつみ重ねられて一体となり、われわれの精神がそこで培われたその精神的風土を形作っている〈ところ〉である。ところが今日、こうした故郷がいつの日かあとかたもなく姿を消し去るかも知れないという危機感がわれわれを脅かしている。それどころか〈非〉故郷的なものの力が、それに対してもはやたちむかうことのできないほど、人間を圧倒しているようにさえ思える。してみれば、現在、故郷とは地図のうえにだけその名をとどめるひとつの幻影を示す言葉にすぎなくなりつつあるのではなかろうか。このことはまたわれわれの精神に重大な結果をもたらすにちがいない。

故郷喪失の事態

仮にもしわれわれが故郷といわれるものをすっかり消失してしまったとしたら、どうであろうか。その時にはおそらく非故郷的なものも存在しなくなるかわりに、われわれはただ最新なものからより最新なものへと目まぐるしく変転し、瞬間瞬間に身をまかせることになるにちがいない。そうなれば、われわれは、過ぎ去ったものへのつながりが断ち切られて、刹那的な人間になるしかない。だが、刹那的な人間はもはや歴史をもつことはない（シュライ）であろうし、それに呼応してわれわれの思考もまとまりを失って断片的になり、その場しのぎの考え方が横行することになろう。そこにはもはや人の道といわれるようなものや、そうしたものについての意識さえも存在しなくなる。なぜなら道徳やその意識が存在しうるのは、シュライの言葉を借りれば、「明日が究極的な裁きの形で、昨日が負い目の形で現存するときである」からである。だから過去・現在・未来がたんなる時間系列として、それぞれ切れ切れの断片として現われているところでは、われわれの存在を保証するものはなにひとつないわけである。すべては瞬間のまにまに流れ去るのみで、そのことによって人びとはすべて異邦人化されざるをえなくなる。こうした事態が日に日に裏書きされつつある状況のなかで、多くの人びとは帰郷を試みようとする。現代への批判は多かれ少なかれこうした方向をたどっている。

回復への道

故郷の喪失は、その源をたどれば、いまにはじまったことではない。そこには長い歳月があった。してみれば故郷の回復も、どのような形で回復されるにしても、長い歳月を必要とする。しかしただ時をついやすというだけではない。それには厳しい試練に耐える力が必要である。そうだとすれば、われわれは性急な企てをしてはならない。なによりもわれわれは――技術文明の時代がますますその歩みをはやめてわれわれ人間をたんなる資源とみなす方向へむかいつつあるなかで――なおかすかに残されている故郷的なものをまがいもなくみとどけて、その故郷的なものをわれわれひとりびとりがどこまでも守りつづけるようにしなければならない。このことはまた、われわれ自身をもつねに、そしてたゆまず問いつづけていくことでもある。故郷への問いはわれわれ自身の根源への問いでもあるのである。

4　むすび――「野の道」

野の道の呼び声

ハイデッガーはかつて若き日に故郷の〈野の道〉に導かれて静かなひと時を思索についやした、その往時を追憶して、〈野の道〉のなんたるかをわれわれに告げている。

「……野の道の呼びかけるこの聲は、野の道の空吹く風の中に生れ、野の道の聲を聽き得る如き人々が存在するただその限りに於てのみ、語るのである。彼らは自らの來歴を聽き、かつそれに屬する人々である。彼らは決して作爲された事物の奴隷ではない。人間は自らの計劃によって、世界を一つの秩序に齎らさうと試みてゐる。しかし野の道の呼び聲に從って自らを整へない限り、その試みは徒勞である。現代の人々は、ますます野の道の言葉に耳を閉ぢようとする、さうした危險がせまりつつある。彼らの耳に心地よく響くのは、今はただ機械の騒音のみであり、機械を彼らは神の聲と見做すのである。かくて人間の心は散亂し、道は失はれる。」

(『野の道・ヘーベル——家の友』高坂正顕・辻村公一共訳)

単純なもの

故郷は、ハイデッガーにおいてもまた、詩人犀星におとらず、重要な役割をはたしている。かつて詩人は故郷に心を病んで、故郷の詩をしたためたが、ハイデッガーはここで故郷の喪失が世界の運命になることをみすえたうえで、若き日に自分を力づけてくれた故郷を追憶している。ますます複雑になりつつある世界、この世界のただなかで彼は〈単純なもの〉をみきわめ、みとどけようとする。単純なものは単調なものではない。「冬の嵐と収穫の日が行き合ひ、早春の生々とした興奮と秋の沈静な死去とが出會ひ、幼年の戯れと老年の知恵とが互ひに眺め合ふ」――こうしたことがらがすべてひとつにひびきあっているところ、そこに単純なものは所在する。この単純なものを、野の道は告げる。だが今日のわれわれはこうした野の道の素朴な声に耳を傾けようとはしなくなった。われわれの故郷的な生活の場はもはや失われてしまったのであろうか。

生活の場

いにしえより人びとの住む世界には、必然的に人びとがのっとるべき道が形成されてきた。この道は人びとの住む世界を全体としてひとつにまとめてきた〈理法〉であり、それはいわば世界全体の奏でる旋律でもあった。ところが今日の人間はこの旋律を聞こうとはしない。すべての理法は成文化されなければ、今日の人間には無意味になっている。だから〈人間尊重〉とか〈自由・平等・博愛〉などの言葉も今日では〈うつろ〉なひびきしかもたなくなっている。これらの言葉が真に生きる〈場〉が喪失されているのである。この喪失されている〈場〉へと、つまり人びとの、悲喜こもごもの人生がさまざまな形で交叉し、それでいてひとつのまとまりをもっているそうした〈場〉へと眼をむけること——このことがそもそものわれわれの課題であった。それはまた同時に故郷的なものへとわれわれの眼をむけることでもあった。

だから第一節で詩人犀星をとりあげたのも、実は、この〈病める〉詩人をとおしてわれわれの生活〈場〉を再考するとともに、〈故郷的なもの〉のもつ意味をわれわれみずから自覚するためでもあったわけである。

それにしても、われわれのこうした訴えがはたしてどれだけの人の心に聞き届けられるであろうか。——もはや故郷の喪失は他人ごとではなくなっている。

四　故郷とは　――萩原朔太郎――

Ａ　帰郷とは、そもそもいかなることなのか

萩原朔太郎の一篇の詩をとりあげて、この詩篇をとおして彼の境涯にふれ、この詩人にとってそもそも故郷が何であったかを問題にする。それはとりもなおさずわれわれにとっての故郷の意味を問うことでもあるからである。

ここでとりあげる詩篇は「帰郷」と題されている。詩篇の冒頭部分は次のようにうたいだされている。

わが故郷に帰れる日
汽車は烈風の中を突き行けり。

ひとり車窓に目醒むれば
汽笛は闇に吠え叫び
火焔は平野を明るくせり。
まだ上州の山は見えずや。

帰郷といえば、すぐにわれわれは故郷の地に帰ること、その地の山河や人びとにふたたびまみえることを思う。そして、そこには家郷の人びとへのなつかしさと再会の喜びが所在していることを想像する。だがこの詩篇にはそうした情緒はない。

「まだ上州の山は見えずや」という一節にしても、故郷の地に到着することをいまかいまかと待ちわびる帰郷者の心情はそこにはない。むしろこの詩篇全体には、苛酷な運命のめぐりあわせを身をもって体験した漂泊者の寂寥とした心情がつづられている。

この詩篇は昭和六年『詩・現実』にはじめて発表され、のち昭和九年に詩集『氷島』に収録されている。そしてその収録の際に初出にはなかった詞書き――「昭和四年の冬、妻と離別し二児を抱へて故郷に帰る」――があらたにそえられた。

この詩篇についての、詩人自身の「詩篇小解」をみると「昭和四年。妻は二児を残して家を去り、杳として行方を知らず。我れ独り後に残り、蹌踉として父の居る上州の故郷に帰る」とあり、そしてさらに「既にして家に帰れば、父の病とみに重く、万景悉く蕭条たり」と書き記している。ところで室生犀星あての昭和四年八月六日付けの書簡で、朔太郎は「例の事件はその後着々として進行してゐる。数日前上京して子供を連れて来た」としたためており、その最後のくだりで現状のやりきれなさをこう訴えている。

「子供二人を連子にして、親たちの許に食客してゐる。この現状がどんな悲惨なものであるかは、君にも御推察になれると思ふ。母と別れて事情を知らない子供たちは、毎日僕にすがつて泣き立てるし、親たちは親たちは(で)、やつかい者を背負ひ込んだ迷惑を僕にあてこする。」

こうした犀星への書簡をみるかぎり、朔太郎が実際に二人の子供を連れて前橋に帰ったのは昭和四年の夏のことである。その後まもなく、朔太郎は上京し、ふたたび帰郷している。この時が実は昭和四年の冬であった。

昭和五年（推定一月）の原田種夫あて葉書に、「家事の都合により、昨冬末より再度郷里に帰り、当分滞在の予定です」とあり、また同年一月二日付けの犀星あて封書には「父の病状は危篤といふほどでないが、医者が五人も立会で家中ひっくり返るやうな混雑を極めてゐる」とある。こうしたところからみると、詩篇「帰郷」は、その背景に父の病状が悪化し、そのため故郷に帰っていったという実情があって、それに二児をかかえての帰郷が重ねあわされて詩作されたのかも知れない。あるいは全くその逆で、妻と離別して二児をかかえての帰郷が素地になっていて、それに父の病状の悪化にともなう冬の帰郷が上塗りされたのかも知れない。――そのいずれであるにしても、すくなくとも「帰郷」を詩作している詩人の心象風景には、妻と離別し二児をかかえて病状の悪化した父のもとへと帰るおのれの姿があったはずである。――詩篇はうたっている

夜汽車の仄暗き車燈の影に
母なき子供等は眠り泣き
ひそかに皆わが憂愁を探《さぐ》れるなり。

夜汽車のほの暗いあかりのなかで、事情も知らぬ無垢な子らが眠り泣きしている。ひとりは疲れ果てているのであろう、あどけない顔で眠り、もうひとりの子は夢でもみたのであろうか、すすり泣いている。――運命が人生のなかに落とす影、その影の暗い色調がこの数行の言葉のなかにこもっている。「人生は過失なり。」他の詩篇で詩人はこう詠じているが、この詩語の射程は詩人本人を越えて子供の人生にまで及んでいる。その陰影はもうすでに母なき子供らの、その背後に襲いかかっている。こうした運命を招来させたことを、詩人は十分自覚していたにちがいない。それだけに彼の心は車中の人びとがいぶかしがってみる、その刺すような眼ざしを痛いほど感じていたのであろう。「ひそかに皆わが憂愁を探れるなり」と詠じている。

夜汽車は、とにもかくにも父と子供二人をのせてまぎれもなく故郷上州へと烈風のなかを突き進んで行く。――詩篇は詠じている。

嗚呼また都を逃れ来て

何所《いづこ》の家郷に行かむとするぞ。

詩人は帰郷者でありながら、むしろこういわざるをえなかった。故郷とはこの詩人にとってそもそも何なのか。過ぎ去った時代の憤りをあらたにしながら、帰郷者は故郷の人びとのことについて、こうしたためている。

「町の人々は、みな陰で私のことを嘲笑して居た。『親父は偉物だが、息子は困りものだて。』といふ声が、いつも私の耳に這入った。『また彼奴が歩いてやがる。野良犬みたいに、幾度町の中をぶらつくのだ。』といふ私語が、私の歩いて行く背後の方で、商家の店先や縁台から、嘲笑交じりに聞こえて来た。相当な年齢をして、職業もなく遊んで居るといふことが、田舎では最も悪い誹謗と軽蔑を受けるのである。」

そしてさらにつづけて、「私は公園に行き、人気のない椅子にぼんやり坐って、あてのない復讐のことを考へて居た。私は悲しい詩を作った。」（「永遠の退屈」）とも書きつづっている。

この時彼が作った詩篇は「公園の椅子」と題され、『純情小曲集』の「郷土望景詩」のなかにおさめられている。

人気なき公園の椅子にもたれて
われの思ふことはけふもまた烈しきなり。
いかなれば故郷のひとのわれに辛く
かなしきすももの核を噛まむとするぞ。
遠き越後の山に雪の光りて
麦もまたひとの怒りにふるへをののくか。
われを嘲りわらふ声は野山にみち
苦しみの叫びは心臓を破裂せり。
かくばかり
つれなきものへの執着をされ。
ああ生れたる故郷の土を踏み去れよ。

われは指にするどく研げるナイフをもち
葉桜のころ
さびしき椅子に「復讐」の文字を刻みたり。

この詩篇における「復讐」の文字を刻む情念は朔太郎の心の奥底に沈殿し、それは田舎へのはげしい嫌悪として表出してくる。

「隣人と隣人とが親類であり、一個人の不幸や、幸運や、行為やが、たちまち郷党全体の話題となり、物議となり、そしてまた同情となり、祝福となり、非難となる」田舎。――こうした田舎の生活それ自体が朔太郎には「耐へがたい煩瑣の悩み」(「田舎と都会」)であった。

彼は述べている。田舎の生活ではいわゆる「世間」と称するものが非常に重大な威圧をもっていて、これがことあるごとに個人の自由を抑圧する。そして習慣や風習に反したような行為は非情な憎悪をもって反感される。いやしくも因襲によらない新奇はそれ自体邪悪であり、何ごとかの「新」を試みるものは周囲から異端者として敵愾される(「田舎から都会へ」)。

朔太郎は、こうした田舎の生活圏に居住しながらも、その生活習慣になじめない。まわりの人びととも和合することができない。――彼の精神は必然的に人びとから遠ざかって行く。けれども、たとえ精神的にでも遠ざかることは同時にまたまわりの人びとから疎外されることでもある。

――青少年時代を、朔太郎は回想する。

「僕は昔から『人嫌ひ』『交際嫌ひ』で通つて居た。しかしこれには色々な事情があつたのである。……僕は比較的良家に生れ、子供の時に甘やかされて育つた為に、他人との社交について、自己を抑制することができないのである。その上僕の風変わりな性格が、小学校時代から仲間の子供とちがつて居たので、学校では一人だけ除け物にされいつも周囲から冷たい敵意で憎まれて居た。学校時代のことを考へると、今でも寒々とした悪寒が走るほどである。その頃の生徒や教師に対して、一人一人にみな復讐をしてやりたいほど、僕は皆から憎まれ、苛められ、仲間はずれにされ通して来た。小学校から中学校へかけ、学生時代の僕の過去は、今から考へてみて、僕の生涯の中での最も呪はしく陰鬱な時代であり、まさしく悪夢の追憶だった。」

さらに語をついで、

「かうした環境の事情からして、僕は益々人嫌ひになり、非社交的な人物になつてしまつた。学校に居る時は、教室の一番隅に小さく隠れ、休業時間の時には、だれも見えない運動場の隅に、息を殺して隠れて居た。でも餓鬼大将の悪戯小僧は、必ず僕を見付け出して、皆と一緒に苛めるのだつた。僕は早くから犯罪人の心理を知つてゐた。人目を忍び、露見を恐れ、絶えずびくびくとして逃げ廻つてゐる犯罪者の心理は、早く既に、子供の時の僕が経験して居た。」

（「僕の孤独癖について」）

と述懐している。青少年時代のこうした事情もあって、詩人は「孤独を愛し、孤独を友人として生活して来た。」彼はどこへ行くにも何を考えるにもつねにただひとりであった。だが、孤独でいるということは何といっても寂しく頼りないものである。彼はこう語っている。「人は孤独で居れば居るほど、夜毎に宴会の夢を見るやうになり、日毎に群衆の中を歩きたくなる。」人間のいない世の中にひとりでいることは詩人には耐えきれないことであった。

そもそも孤独者が厭うのは、人と人との煩瑣な交際なのであって、人間そのものではない。わずらわしい人間関係を去っても人間そのもののもとを去るわけではない。だからこそかえって、孤独者はひたぶるに人恋しい情を痛感しているのである。たとえば、長い間洋上を漂流してきた舟びとたちが遠くの波間に漂う一片の木片を見て、すぐにそこに人間のにおいを直覚するような、――また人の住まない蛮地に深く迷い込んだ人びとが焼け砂のなかから発見した硝子片や食器の破片のようなものにまで人間の恋しさを感ずるような、そうした情緒が孤独者の心情には連綿としているのである。

詩人朔太郎もまた「人間に対して烈しい飢ゑ」を感じずにはいられなかった（「自然とその対象としての人工物に就いて」未発表ノート）。そこで最も人が群れ集まっている群衆のなかに、すなわちひとりびとりが単位であって、互いに何の干渉もなく自由であり、それでいて全体としての総合した意志をもっている、そうした群集のなかに、彼は「愛と慰安の住家」をみいだすのである（「群集の中に居て」）。

匿名の人びとの群れ集まっている群集、こうした都会の群集こそ、わずらわしい人間関係をどこまでも拒絶してきた詩人がそのなかに身をおいて、ひたぶるに人恋しい情をひとときでも満たすことのできる、そうした場所だったのかも知れない。「群集は私の恋人であり、都会は私の家郷である。」

しかし詩人はまたこうもしたためている。

「心の寂寥に耐へなくなる時、いつも私は停車場に行き、改札場や待合室で、旅客の種々な群れを見ながら、二時間も三時間も坐って居る。」（「孤独者の独語」）

ここにある詩人の情を、どのように解したらよいのか。また解すべきなのか。「三等待合室の隅の椅子に、鴉のやうな様子をして、見すぼらしく坐って」、「改札場」や「待合室」でいろいろな旅客が出入りするのを眺めている。ただそれだけのことなのか。

旅客を眺めながら、待合室の椅子にすわっている詩人、この詩人の胸中をよぎるもの、それはいったい何であったろうか。

東京に移ってまもなく出版の運びとなった『純情小曲集』には「いま遠く郷土を望景すれば、万感胸に迫ってくる」としたためられている。そしてさらに「故郷の家をのがれ、ひとり都会の陸橋を渡つて行くとき、涙がゆえ知らず流れてきた」とまで書きそえられている。この詩人の心の底には、断ち切ろうとしても断ち切ることのできない故郷への情が脈打っていたのではあるまいか。

かくばかり
つれなきものへの執着をされ。
ああ生れたる故郷の土を踏み去れよ。

「公園の椅子」のこの詩片にも、つれなきものへの執着を捨て故郷の土を踏み去るように強く自分にいいきかせるその意志とは裏腹に、つれなきものにかえって執着してしまうそうした悲哀の情が揺曳している。断ち切らなくてはならないものを断ち切ることができない、この心情は田舎にあって都会を憧憬し、都会にあって郷愁を感ずる情緒として現われる。だから朔太郎が郷土

「望景」という時、この「望」のなかには「希望」と「絶望」の「望」がからみあっているという解釈も成り立つわけである（河上徹太郎（萩原朔太郎——日本のアウトサイダー——）。いわば正と反とでもいうべき二つの感情が統一されないまま彼の心に複雑な陰影を投じているのである。「何所の家郷に行かむとするぞ。」詩人がこう詠ずるこの詩片には、都会を離れて家郷はないと思いながらも、いまだに真の家郷をみいだすことができずにいるそうした寂寥とした情が刻まれているのである。

「帰郷」を収録している『氷島』の「自序」で詩人は自分の人生をふり返っている。

「著者の過去の生活は、北海の極地を漂ひ流れる、侘しい氷山の生活だった。その氷山の嶋嶋から、幻像《まぼろし》のやうなオーロラを見て、著者はあこがれ、悩み、悦び、悲しみ、且つ自ら怒りつつ、空しく潮流のままに漂泊して来た。著者は『永遠の漂泊者』であり、何所に宿るべき家郷も持たない。著者の心の上には、常に極地の侘しい曇天があり、魂を切り裂く氷島の風が鳴り叫んで居る。」

ここには、まさに『氷島』の諸詩篇のなかにちりばめられている詩語、――たとえば「寂寥」、「荒蓼」、「荒漠」、「憂愁」、「沈鬱」、「暗鬱」などの詩語によって形容されうるような境涯が描きだされている。いかなる人生にも、「あこがれ、悩み、悦び、悲しみ」、そして怒る、そうした喜怒哀楽がある。しかし「幻像《まぼろし》のやうなオーロラ」が消え去って、その喜怒哀楽の感情がすべて色褪せていった時、『氷島』の詩人がそこでおのれの人生にみたものは潮流のままにただよう氷山の、その侘しい生活であり、いずこにも宿るべき家郷をもたない漂泊者の境涯であった。所詮、人生とは砂礫のごときものなのか。――詩人はまた詠じている。

過去は寂蓼の谷へと連なり
未来は絶望の岸に向へり。
砂礫のごとき人生かな！

ところで、詩人は「父と子供」の散文詩自註（『宿命』）で、こう明言している。

「詩集『氷島』の中で歌つた私の数数の抒情詩は、「見よ！　人生は過失なり」といふ詩語に盡きる。」

してみると、「帰郷」の詩人が「砂礫のごとき人生かな！」と嘆じた、この人生は、また「過失」の人生でもあったのだろうか。

それにしてもいったい「過失」とは何なのか。それは「あやまち」を犯すことなのか。確かにそれはそうであるかも知れない。だが、そもそも「あやまち」とはどういうことなのか。それは、われわれがごく普通に日常の生活で時として犯すことのある、そのような「あやまち」のことをいっているのであろうか。

子供は無邪気に、「過失つて何？」、こう父に問うている。その問いに父は、

「人間が、考へなしにしたすべてのこと。例へばそら、生れたこと、生きてること、食つてること、結婚したこと、生殖したこと。何もかも、皆過失なのだ。」

こう答えている。人間が何の考えもなしに行なったのを「過失」というのであれば、考えたうえでのことなら「過失」ではないのか。子供は思う。「考へてしたつて、やつぱり過失なのさ。」父はまた子供に答えている。――考えたうえでのことであろうとなかろうと、そのことにはかかわりなく、「生れたこと、生きてること、食ってること、結婚したこと、生殖したこと」、これらすべてが過失だとしたら、そもそも人間がこの世に存在していること、そのこと自体、「過失」なのではあるまいか。してみれば、生れなかったこと、存在しないこと、無であることが人間にとって最善のことなのか。そして次善のことは、ほどなく、死ぬことなのか。

ここで詩人が賢者シレノス（デイオニュソスの従者、ニーチェ『悲劇の誕生』、『細谷貞雄　ニーチェ特殊講義』参照）の言葉を念頭において「父」に語らせているのかどうか定かではない。だがかりに、こうしたシレノスの言葉がこの散文詩全体の背後にひそんでいるとすれば、父の言葉は「白痴」といわれているこの子供にはあまりにも苛酷である。それだけに、父は心の底でわが身を切り裂くような痛みを感じていたのであろうか。散文詩自註の末尾に詩人は「――主はその一人児を愛するほどに、罪びと我をも救ひ給へ！」と書きそえているが、むしろこう祈らずにはいられなかったのかも知れない。

「見よ！　人生は過失なり」という、この詩片はもともと詩篇「新年」(『氷島』)の一節である。そして、この詩片のすぐあとには次の詩文がつづいている。「今日の思惟するものを断絶して百度もなほ昨日の悔恨を新たにせん。」なるほど人生はひとつの過失であり、悔恨の積み重ねであるのかも知れない。「年暮れて残るものは、無限の悔恨ばかりであり、年来りて思ふことは、人生虚妄の嘆きばかりである。」詩人は、こう述懐している。

だが、詩人が人生にみたものは嘆きばかりではないのではないか。彼は「人生は過失なり」と断ずることによって、かえってその背後にみえ隠れしている、人事ではいかんともなしがたい必然事を目撃していたのではないのか。

それどころかひょっとしたら、詩人は、孤独の奥底まで忍び込んできてささやく、あのデーモンの御告げを耳にしたのかも知れない。

「お前が現に生き、これまで生きてきたこの生を、お前はもう一度、そして限りなくくりかえして生きなくてはならないだろう。そしてそこには何も新しいことがなく、いかなる苦しみも、いかなる喜びも、いかなる思想もためいきも、また大につけ小につけ言いつくせないほどのお前の生の内容も、すべてが、しかもそのままの順序で、お前の身の上にくりかえされなくてはならない。そして、同様にこの蜘蛛も、木々の間をもれてくるこの月の光も、またこの瞬間も、そしてこの私自身も、そのままの姿でくりかえされなくてはならない。生存の砂時計は、つきることなく、どこまでも回転し、そしてそれとともに、塵の中の塵であるお前もまた回転させられるのだ。」（ニーチェ「楽しい学問」。『細谷貞雄　ニーチェ特殊講義』）

詩人はいう。「新年来り、新年去り、地球は百度回転すれども」、新しいものは何ひとつ存在しない。すべては自然・必然の連鎖のなかで生成し、しかも同じことがくり返される。人もまたそれぞれすでに定められてある。だから現にあるものはただ宿命の連鎖だけであって、「自由意志などといはれるものは主観の幻覚にしか過ぎない。」

詩人はみずから目撃した、このあるがままの現実の世界を、そっくりそのまま肯定し受け入れるところまではいたらなかった。むしろ、この必然的世界のただなかで彼は意志しようとしたのである。

ところが、どんなに意志しても、必然的なものはどうにもならない。そこでは挫折するしかない。それでもなお、意志しようとする、まさにこのことがひとつの過失であり、それがまたこの詩人の背負った宿命であったのかも知れない。――「新年来り」、詩人はまた決意する。そして「百度もなお昨日の悔恨を繰返して、あへてその悔恨を悔いることなく、今年もまた去年のやうに、あらゆる過失と愚行を反復しよう」とする。ところが詩人の胸中にはそれだけでは何か満たされないものが、すなわち、人生とは同じ失敗と失望のくり返しであることを認めながらもそれに徹しきれずに、いまひとつ納得のいかないものが残る。だから、あらゆる過失と愚行をあえて反復しようと決意するにもかかわらず、彼はむしろ「自然に向って弾劾するところの、意志のきびしい憤りを感」じざるをえない（「新年の辞」『阿帯』）。それだけに彼は、生存の憎むべき厭うべき側面をも含めて、現実の世界を肯定するような「然り」をついぞ口にすることがなかったのである。そのために彼の境涯にはどこまでも陰鬱な情緒が澱んでいる。そして、厳しい現実にうちのめされ、ぎりぎりのところまで追いつめられた、そのどん底の生活のなかに所在するのはやりばのない憤りだけである。砂礫のごとき人生、この人生は憤懣やるかたない気持ちに満たされている。それにしても、この憤懣やるかたない憤りの人生のなかにもすでに気力の衰えが宿りはじめている。――詩篇は詠じている。

われ既に勇気おとろへ
暗憺として長《とこし》なへに生きるに倦みたり。

ここにはいくら年を重ねてきても家郷もなく、生きることにも疲れはてた、孤独な詩人の姿がある。その詩人はいまやまぎれもなく生まれ故郷に向かっている。おめおめと生まれ故郷に帰ることができようか、彼の心情はこうした気持ちに満たされている。――詩篇はうたっている。

いかんぞ故郷に独り帰り
さびしくまた利根川の岸に立たんや。
汽車は曠野を走り行き
自然の荒寥たる意志の彼岸に

人の憤怒を烈しくせり。

かつて、「きのふまた身を投げんと思ひて／利根川のほとりをさまよひしが／……おめおめと生きながらへて／今日もまた河原に来り石投げてあそびくらしつ」とうたった「利根川のほとり」に二度と立つまいと思う意志と、そうした意志の思惑には一切頓着なく詩人を故郷へとつれもどしていく力、この二つの間には容易に橋渡しすることのできない裂け目がある。この裂け目は詩人にはどうすることもできない。彼はこの強力な力をおのれの運命としてただ受容するしかない。なのにその運命に徹しきれない。そこに彼のやる瀬ない人生が所在していたのではあるまいか。それだけに「人の憤怒を烈しくせり」という最後の一節には、やる瀬ない人生からたちこめてくる憤懣やるかたない情念がこもっているようである。

B　故郷とは、そもそもいかなるところなのか。

わが草木とならん日に

たれかは知らむ敗亡の
歴史を墓に刻むべき。
われは飢ゑたりとこしえに
過失を人も許せかし。
過失を父も許せかし。

後年、久しぶりに帰郷した詩人が父の墓に詣でた時の詩篇である。この詩篇で詩人は何を語ろうとしたのか。「父の墓前に立ちて、私の思ふことはこれよりなかつた」と書きしるしている。そして、「私の生涯は過失であつた」とも、また「父よ。わが不幸を許せかし！」とも書きそえている。なぜ詩人はことさらに自分の生涯を過失だとし、不幸の許しを父に乞わなければならなかったのか。それは父の前で自分の敗北を認めることであったのか。

詩人はかつて三十余年間も田舎に住み「周囲の悪感と侮感に耐へ忍んでゐた。」しかしやがてその精神的重圧に耐えきれなくなって、ついに父・母のいる故郷を去っていった。詩人が郷党から受けたものは誹謗と、嘲笑と、孤独のほか何ひとつなかった。それだけに彼は都会にあこがれていた。ところが、その憧憬していたほかならぬ東京で、彼は実生活の辛酸をなめるはめになったのである。そして、このことがかえって彼を郷愁へとかりたてていった。だが、――こうした郷愁のなかで現われてくる故郷は詩人の魂の家郷であって、現実の生まれ故郷とひとつものではない。そこには断層があった。その断層のために彼は久遠の郷愁を追う漂泊者にならざるをえなかったのではあるまいか。

かつて詩人は室生犀星の詩篇「小景異情　その二」を解説して次のようにしたためている。

「見知らぬ人々の群衆する浪にもまれて、ひとり都の夕暮れをさまよふ時、天涯孤獨の悲愁の思ひは、遠い故郷への切ない思慕を禁じ得ないことであらう。しかも故郷には、我をにくみ、侮り、鞭打ち、人々が嘲笑つて居る。よしや零落して、乞食の如く餓死するとも、決して帰る所ではない。故郷はただ夢の中にのみ存在する。ひとり都の夕暮れに、天涯孤獨の身を嘆いて、悲しい故郷の空を眺めて居る。」(「室生犀星の詩」)

あたかも詩人自身の境涯を描写しているかのようでもある。しかも、この犀星の詩篇をたんなる「望郷」の詩として解説しているまさにその点に、詩人萩原朔太郎の真情がむしろ吐露されているのではあるまいか。

「ひとり都のゆふぐれに／ふるさとおもひ涙ぐむ」。——こうした心情をいだきながら家郷を求めてさすらいつづけてきた詩人朔太郎。その彼が墓参のために帰郷して、故郷にみたものは、それは「物みなは歳日《としひ》と共に亡び行く」というまぎれもない事実であった。そして、郷土望景詩にうたわれていたすべての古蹟がほとんどみな跡形もなく廃滅して、若かった日の記憶をふたたび郷土にみることはできなかったのである。歳月の流れとともに亡んでしまって、いまはないものを惜しむ気持ちにかられながらも、「むしろ何物も亡びるが好い」と詩人はいう。すべてが亡び去ることによって、故郷に対する憎悪の感情も消失し、そのことによって真の帰郷者になることを、彼は願ったのかも知れない。

「多くの故郷の人人の遺骸と共に、町裏の狭苦しい寺の庭で、侘しく窮屈げに立ち並んでいる」父の墓の前で、自分の生涯の過失を認め、許しを乞うたのも、実は真の帰郷者になるための、彼自身の側から提示した、父との――ひいては父の背後で墓石を並べている故郷の人びととの――和解の申出であったのかも知れない。そしてひそかに彼は真の帰郷への道を、すなわち故郷の異邦人から同郷人への道を模索していたのかも知れない。

――詩人が真の帰郷者となりえたのはおそらく「過失の記憶」さえも万象とともに消え去った、そののちのことであったにちがいない。この詩人がその生涯をとおしてわれわれに物語ったもの、それはわれわれの悲喜こもごもの人生の底流にはいつも魂の家郷へのかぎりない郷愁が所在しているということではなかったか。そして詩人の切々とした郷愁の訴えは、人間存在の根底にはつねに自己の根源へとたち帰ろうとする心の動きがあるということ、まさにこのことを証左していたのではあるまいか。

詩人はいま生まれ故郷にねむっている。

五　この地に人はいかに住まうか

1　地域の今日的状況

今日の人間はたがいにますます無関心な態度で出会っては別れていく、そして共同体がもはや人間にとって確かなもの頼れるものではなくなっている、こうしたことのうちに、われわれ人間の存在崩壊が最も強く感じとられる、とヤスパースは述べている。そもそもこうした人間関係の破綻はどこに起因するのか、その一端はわれわれをとりまく技術文明の発展と密接な関係があるようにも思われる。とくにわが国では戦後、石炭・石油エネルギーを基盤にかってなかったほどの物質文明を生み、使い捨てを美徳とするような消費社会を許容してきた。こうしたことがかえって人間関係を疎遠にし、人間をも資源の一つとみたてる考え方を生みだすはめにもなったのではあるまいか。ひところ人材銀行などという言葉もはやったほどである。こうして人間が資源的に、用に具わるものとして考えられるようになれば、ましてや人間以外のすべてのものは資産とみなされざるをえなくなる。そこでは、あらゆる価値が経済的価値を基準にしてはかられることになる。田畑はもはや耕作地ではない。一坪いくらという資産である。住宅は住まいではなく物件である。野の道ももはや人道ではなく車道である。そこで行きかう人びとの意識も都会的な疎遠さをもつようになり、人びとを結びつける絆さえもどこにあるのかわからなくなっている。こうした〈人と環境世界〉の変貌を世のなかの進歩と考える人もいるかも知れない。その是非はともかく、そのために、地域の特色は平板化され、諸地域の一律化が進行していることもまた事実である。

最近「ふるさと創生」が政治上の議論をよんだことがあったが、その後の「創生」がどうなったのかはっきりしない。いずれにしても地域とはたんに地図に記された一区画ではない。われわれ自身がそこに住んでいる〈ところ〉であり、住むということは一定の土地空間に人が寝食する建造物を建て、そこでただ時を過ごすだけのことではない。そこには人と人、人と地との血のかよいがあるはずである。してみれば、われわれはわれわれの住む地域にいかなる生活圏を形成し、いかに住まうべきかを真剣に問わなくてはならないであろう。地域への考察が今後ますます重要になってくるにちがいない。

2　生活場としての地域

人は不特定の、どこにもないような、いわば架空の場所に存在しているわけではない。いつもすでに人はある特定の地域社会のなかに所在しているのである。そしてこの社会のなかで他の人びとと出会い、かかわり、この社会を基盤にしてさまざまな人生模様を展開しているのである。要するに、特定の社会のなかに居を構えて、そこに住んでいるのである。住むということは一定の土地空間に人びとがたがいに無関係に物と同じようなありさまで点在しているということではない。土地に根をはってそこで暮らすことである。だから土地や町はそのなかに住まっている人びとによって「生命付け」られ、活気づけられている（カール・レーヴィット）。土地や町に住むことによって、人はそこで営まれている社会生活の場で多くのことを経験する。経験をとおして人は生活の知恵をうるのである。そればかりではない。他の人びとや自分自身についても知るのである。人の世界は他の人びとと共にある共同世界なのである。

こうした共同世界での、人びととのかかわりにおいて人はまず親疎の関係を知ることになる。もっともこの親疎関係はなんら固定的なものではない。親しい間柄の人が疎遠になることもあれば、疎遠だった人が親しい間柄になることもある。しかしいずれにしても、こうした親疎関係から、人は彼自身の固有な人間関係を構成し、そうした人間関係を保持しながら隣人たちを理解すると同時に自分自身がなに者であるかをも理解するのである。またまわりの環境世界についても、人は自分の住居を起点にして屋並みの遠近の配置を俯瞰し、自然環境の遠近をも位置づけている。山は町の中心から数キロ離れたところにあるのではなく、家の南側の、屋並みのかなたの遠景にあるのであり、川はそれよりも手前にあり屋並みがとぎれたところを東にむかって流れているのである。こうして人は彼なりに東西南北の方位を定め、それに定位しているのである。いわば人はそれぞれ心のうちに固有の生活地図をもってこの地に根をおろしているのである。

それだけではない。地域にはそれなりの文化がある。その文化は滋養分として人びとのすみずみまで浸透している。それだけに人は地域社会の共通の考え方や感じ方を知らぬ間にあたかも自分のもののように受け入れてしまっている。つまり地域文化を自分に固有なものとみなしているのである。

なるほど、地域社会はそこに住んでいる人びとによって構成され特色づけられている、けれども、地域社会はたんなる個人の集合ではない。個人の集合は団体ではあっても、生活共同体ではないのである。生活共同体はむしろ個人の基礎をなすものであり、人はそれぞれ意識してそれを感じることはないにしても、この共同体から制約を受けている。もっともここでの制約は法的規制というようなものではなく、地域社会の通念であり慣習である。こうした通念や慣習は冠婚葬祭に最もよく具現されている。結婚式や葬儀、あるいはそのほかの祭り事にはそれぞれさまざまな慣習がある。その慣習を人びとはごくあたりまえのものと受けとっているのである。ここに人はすっかり地域文化に染められている自分を発見する。

ところが他面、人の一つ一つの行為はその人自身の自由意志に基づいて行なわれるのであって、いちいち地域社会の指図を受けて行なわれるわけではない。人は彼自身がもっている価値意識に基づいて行為し、そのように行為することをとおして、他の人びととは区別されたその人独自の世界を形づくっている。たとえそこに住んでいる地域の共同体から強く影響を受けているにしても、ここでは、彼は地域社会のなかに解消されずにどこまでも個人としての特質をそなえた自分を発見するのである。

こうして人のあり方を省みて発見される二つの自己はある面では調和し、ある面では反発しあう。前者の自己の意識は地域文化に包み込まれて通念や慣習をどこまでも貫こうとする。後者の自己の意識は地域文化には包み込まれようとはせず、距離をとって地域文化の狭さを指摘する。この意識は地域文化をつきぬけて脱地域的な立場から地域文化をむしろ包み込もうとするのである。

こうした二つの自己の間の反発は実際には葛藤として現われるが、葛藤はなにも個人のうちにだけあるのではない。それどころかこうした葛藤は人と人との間の葛藤でもあり、世代と世代との間の葛藤でもある。生活場はこうした葛藤を含みながらも人びとによって生命づけられているのであり、地域はまさしくこうした生活場なのである。こうした生活場としての地域はそこに住む人びとの意識を規定するとともに、また人びとの意識によって変化する。だから地域はたんにそこにあるのではなく、住む人びとによってつくられて行くものでもある。

3　故郷としての地域

人は誰でも故郷をもっている。故郷をもたない人は誰ひとりとしていない。もっとも故郷といってもさまざまである。生まれた地を意味することもあれば、ある時期を過ごしたところを意味することもある。しかしだからといって、旅人が土地の風光に魅せられて、ある土地に長期間滞在したとしても、はたしてその土地が旅人にとって故郷といえるだろうか。ただ旅の途次に立ち寄った場所にすぎないのではあるまいか。少なくとも故郷というかぎり、その場所はその人にとってなにかしら重要な意味をもつところでなくてはならないであろう。そうであるなら、そもそも故郷とはいかなるところなのか。そして故郷とはいかなる意味をもっているのか。

人は時として郷愁を感じる。郷愁には故郷によせるひたぶるな人の切なる思いがある。この切なる想いにはたんに異郷にいて故郷をなつかしむ情ばかりではなく、もはやなきものへの追憶の情もからまっている。こうした情のうちに黙示される故郷はなるほど地図のうえで特定することのできる地域ではあるにしても、ただそれだけではない。かつてその人がそこに住んだ現実の世界であり、その世界がなんらかの形で彼の精神に同化され彼の原点を形づくっているところである。だから彼にとって故郷の川は廃水を流すどぶ川ではない。小魚をとって遊んだところであり、人と出会い、友を知ったところである。そしてまた帰宅をうながす母の声を聞いたところでもある。故郷とはこうした意味で自然的風土と、人びとがそこで生きてきた歴史的風土とがひとつになって、人間形成の精神的風土を形づくっているところである。いわば故郷とは、成長した植物がそれ自身のなかに宿している土の力ともいうべきものを供給したところである。こうした〈ところ〉は他地域と均質的な場所を意味してはいない。他地域とは異質の、その人にとって特殊な意味をもつ場所として、そしてまた、その人がそこから自分の存在の由来と規定とをえている場所として、すべてがそこからおこり、その人自身がそこへと打ち返されて行く、そうした〈ところ〉を意味しているのである。いってみれば、故郷とはいつかはそこへ帰って行く、または帰って行こうと切なる想いをよせる〈ところ〉なのである。地域はこうした、人が故郷とする〈ところ〉をうちに含んでいる。故郷の喪失がいわれはじめてからすでに久しい。地域が故郷的役割を喪失しているとすれば、このことは将来子どもたちに暗い影を投げかけるかも知れない。知が最優先される今日にあって、故郷の喪失が情緒的側面の荒廃を招き、そのことで人と人とのふれあいや、人と自然とのじかのふれあいを損ねるようなことがおこるとすれば、この事態は人間に対して重大な結果をもたらすことになるにちがいない。今日、地域をあらためてみなおすことはむしろそこに住んでいる人びとの責務なのかも知れない。

4　教育の場としての地域

地域はいろいろな面をもっている。地域はそこで生まれ育った人にとってはかけがえのない故郷である。また、そこに住んでいる人びとにとってはなによりも日々の暮らしを営む生活の場である。人の暮らしにはそれぞれ歴史がある。今も活かされている知恵もあれば、すでに失われてしまったものもある。そのなかにはもはや遺物からしかうかがい知ることのできないものもある。いずれにしても人の生活様式は歴史の積み重ねのうえに成りたっている。

こうした地域は子どもたちにとっては生きた教育の場でもある。子どもたちは人びとの生活の場でさまざまな経験をとおして多くのことを知る。たとえば子どもたちは人びとの暮らし向きを自分たちの家の暮らしをとおして知るようになり、駄菓子屋をとおして物価の値上がりを知ることもある。そして八百屋の店先で旬のものを知ることもあれば、名も知らぬ果物を知ることもある。また年寄りたちの話から昔の暮らしの様子を知ったりもする。

なるほどこうした経験は体験的理解の域をでないかも知れない。しかしこうした経験は子どもたちがやがて確かな知識をうるための素地になっているのであり、こうした素地がなければ、つまり不確かではあるにしても先立つ経験がなければ、学校での地域学習も形ばかりのもので意味のないものになってしまうだろう。むしろ地域学習は子どもたちのもつ先行経験を拠りどころにして、それをより確かなものにし、断片的な体験的知を系統的な客観的知識へと高めるところにあるのではなかろうか。地域を学ぶことは地域の人びとの生活の営みや地域の立地条件を知ることである。地域はそれぞれ固有の特色をもっている。また地域は世のなか全体をそれなりの仕方で反映してもいる。さらにまた地域は他の諸地域とも密接なかかわりをもっている。したがって地域学習をとおしてえられた知識はたんに地域内で通用するだけのものではない。その地域を越えて他の地域の理解にまでおよんで行く。この意味で地域〈を〉学ぶことは地域〈に〉学ぶことでもある。こうして地域の理解はさらに社会全体の理解にまでおよんで行くのである。

地域はいわば子どもたちがそこから養分を摂取する土壌であり、原体験をするところである。しかもこの原体験は地域学習にかかわることだけではない。友情とは、親切とは、あるいは意地悪とは、と問うて人としてのあり方を子どもたちに考えさせるとき、漠然としてではあるが、それらのことを知っている原体験がなければ、そのような問いを問うことさえできないであろう。

子どもたちにとって将来重要な意味をもつすべてのものの〈原型〉が地域にはあるのであり、地域は最も広い意味でも子どもたちにとって生きた教育の場なのである。だから地域は子どもたちにとってはかり知れない意味をもっているのである。こうした地域を人びとは自分たちのためだけではなく、子どもたちのためにも育てて行かなければならないだろう。

5　地域の今後

ところが今地域は変貌しつつある。かつてあったものが失われつつあるのである。かつて道や池にもそこに住む人びとにとってそれなりの意味があった。道は人と人とが出会い意思疎通する場所でもあったし、池は農業用水のためばかりではなく洪水対策のためでもあった。子どもたちにとっては友だちと遊ぶ場所であり、小魚をとる場所でもあったのである。ところが今は地価の高騰で宅地造成が、あるいは余暇のためのレジャー・ランドの造成が、いたるところで道を拡張し池を埋め、山を削って進行している。川は排水路として整備され、昔日の小川のおもかげはなく、幼な子の、メダカとりの姿はほとんどみられない。

かつて不可能だと思われていたことを、技術文明が可能にしたのである。こうした開発が今後自然の生態系にどのような影響を与え、それが人間にどのように跳ね返ってくるのか予測することはできない。それだけに、われわれは開発と環境保全のはざまで、どのように地域づくりをし、地域にいかに住まうべきなのかを問わなければならない。こうした問いこそ地域を考察するための視座をわれわれに与え、この視座からの地域研究が地域の子どもたちを人として成長させ、やがて地域の形成者として育成して行くことになるのではあるまいか。――地域の開発と保全は将来の人間の生き方そのものにかかわる問題なのである。

六　イデオロギーについて

1　はじめに——イデオロギーの興亡

中世の呪縛から解放された近代国家は伝統的で慣習的な生活原理の軛から個人を解き放つと同時に、個々ばらばらに解き放たれた個人を形式的な法的秩序によって統制し、自由と平等を基本原理とする市民社会を生みだした。もはや近代国家は自然成長的な国家ではなく、人間の意志によって理念的に構築された国家となったのである。

ところで、こうした近代諸国家は、国家間の利害関係の対立から民族主義的色合いを帯びて、世界市場の拡大と利権の獲得をめざして覇権を競うようになり、自国民を指導する政治的イデオロギーが諸国家を支配するようになった。いわば西洋の近代諸国家は世界を舞台にしてそれぞれ自国を主役に割り振って西洋史劇を演出したのである。

やがて世界市場のこうした覇権の争いは洋の東西におよぶ世界的規模の総力戦（第一次世界大戦）へと発展したが、しかし、この総力戦によってかえって諸国家は政治情勢の不安や経済的危機にみまわれ、しばしば社会的な混乱をも招いた。加えて、ニューヨーク・ウォール街からはじまった恐慌は全資本主義諸国に波及して、中産階級をはじめ労働者の生活はますます窮迫・困窮した。とくに資本主義体制の後進国は失業者が激増して社会・政治問題が深刻化した。こうした状況のさなか人びとの社会的・政治的不安を吸収するという形で全体主義イデオロギーであるファシズムやナチズムが台頭し、独裁制へと傾斜していった。こうした傾向がふたたび人びとを大戦（第二次世界大戦）へと駆りたてたのである。

大戦後、全体主義イデオロギーは解体され、戦前の全体主義対民主主義というイデオロギー的構図は消失したが、しかし戦後それに代わって共産主義体制対資本主義体制という構図が全世界を形どるようになった。

そもそも共産主義イデオロギーは、一九一七年のロシア革命によって成立したソビエト政権の指導原理としてナチズムと戦いながら成長をとげたイデオロギーであり、そしてこの共産主義イデオロギーが大戦後大国ソビエト連邦を中心に東欧諸国、および中国を中心とするアジア諸国の思想的基盤として、アメリカを中心とする資本主義体制のイデオロギーと抗争対立し、大戦後のいわゆる冷戦時代を演出したのである。

このように二つのイデオロギーが拮抗するこの冷戦構造はソビエト連邦の共産党一党独裁体制が内部矛盾から解体するにおよんで崩壊したが、この崩壊をとおしてわれわれが経験したことはたんに冷戦時代が終熄したというだけのことではない。いわば官許のイデオロギーとして二十世紀という時代の大半を支配し猛威をふるってきた覇権的イデオロギーの、その支配の時代が終焉したということである。しかもそれをわれわれは実感として受けとったのである。

自然科学をはじめとして報道機関などあらゆるものを動員し、自分に適合しない他の思想はすべて異端で真正ではなく、みせかけのものであるとする、この覇権的イデオロギーは、その幻想が破れた時、このイデオロギーのもとで正当化されたさまざまな行為の非人間的非道さを露呈することになり、イデオロギーのもつ避け難い歪曲や偏狭さに人びとの鋭い批判の目が向けられるようになった。こうした事態に直面して今日イデオロギーの終焉や脱イデオロギー化が巷間で論じられるようになった。それだけではない。二十世紀を支配したようなイデオロギーを可能にし、それればかりではなく、みずからもイデオロギー化した近代合理主義も批判の目にさらされるようになり、脱近代化、ポスト近代が叫ばれるようになったのである。ポスト近代がいかなる新しい地平を拓き、またどこに行きつくのかは定かではないが、少なくとも脱イデオロギー化をはからなければならない事態にわれわれがたちいたっていることは確かである。

それにしても、イデオロギーという概念はある時代に起こったひとつの出来事を名ざす言葉でもなければ、時代を画する知的範疇でもない。むしろイデオロギーの問題群は人間の抱く観念やその観念によってひき起こされる行為にかかわる問題であり、それだけにわれわれはここであらためてイデオロギーとは何かを問わなければならないだろう。

2　イデオロギーという概念

イデオロギーとは意識形態もしくは観念体系のことである。しかし、今日では十八世紀後半の、フランスの観念学派（イデオロジスト）が用いた意味ではほとんど使われていない。だからといって今日的意味でのイデオロギー概念がこの学派と全く無関係なところに起源をもっているわけでもない。今日的意味でのイデオロギーの概念がはじめて登場したのは、マンハイムによれば、ナポレオンが彼の政治姿勢をこの学派の人びとから攻撃されて、現実の政治や社会を理解しない空論家という意味で「イデオローグ」とののしった時からである。

観念学という意味でのイデオロギーはもともと観念に関する理論を意味するにすぎなかった。それゆえ「存在論的な規定」を少しも含んではいなかった。ところがナポレオンの用いた「イデオローグ」には、この言葉が軽蔑的な意味でいわれただけに、敵対者たちの考えは非現実的で、存在論的にみて価値のないものであるという意味合いを含んでいた。それ以来イデオロギーという言葉には政治的実践もしくは社会的現実に対して、実践に役立たない非現実的な考えという意味がともなうようになり、イデオロギーという言葉はこうして新しい方向において、はっきりした形をとって現われるようになった。そしてこのような意味での「イデオロギー」という言葉が十九世紀には広く使われるようになった、とマンハイムはいうのである。

いずれにしても「イデオロギー」を社会的存在によって規定された意識形態として今日的意味で確立したのはマルクスとエンゲルスである。彼らにとってもイデオロギーは否定的意味をもつ概念であった。それゆえ彼らが『ドイツ・イデオロギー』(古在由重訳)で試みたことはイデオロギーの現実的土台を明らかにすることによって、イデオロギーを、とくに彼らにとってはブルジョア的イデオロギーを、およそ歴史の原動力ではありえないものとして解体することであった。

ヘーゲル没後、ヘーゲル各派はそれぞれの主張を展開したが、それらの各派はいずれも多少のちがいはあるにしても、理念そのもの、思想そのものなどの普遍的なものの支配を信じる点では一致していた。彼らはヘーゲルの思想財を糧にして、ヘーゲルの土壌を一歩もでることがなかったのである。彼らもまたさまざまな思想から思想そのもの、理念そのものなどを歴史の支配者として抽出し、そのことによって今度はそれらのさまざまな個々の思想と概念を、歴史のなかで自己展開する概念そのものの「自己規定」としてとらえているのである。ここには人間社会における、あらかじめ想定された任意の理念なり概念なりが天上に投影されて、そこから——絶対的権威をもって基礎づけられた普遍性として——人間社会に、転倒した形でふたたびもち込まれるといったカメラの暗箱のようなからくりがある。しかしそうなると、人間および人間のあらゆる関係も「人間」というものの概念、すなわち思惟され、想像され、表象される、そうした人間像から導きだされることになり、たとえフォイエルバッハのように人間を「感性的対象」としてとらえ、「現実的な、個人的な、肉体をそなえた人間」の存在を認めたところで、結局は人と人との人間的関係を観念的に美化された愛と友情にしかみないのであるから、彼のとらえる人間はどこまでも抽象的人間にとどまっていて、現実に活動している人間は全く考察されていないことになる。そこでマルクスとエンゲルスはこの思考過程を逆転するのである。すなわち、現実に労働し活動している人間から出発して、ヘーゲルおよびヘーゲル各派の思想体系を、人間の現実的な、物質的諸前提に結びついた生活過程の、たんなる観念的な反映にすぎないものとして解明しようとするのである。それにしても、この解明によってそもそも何が告発されるのか。それはすでに自律性の外観を帯びて確立されている意識である。そしてこの意識の所産である諸形態を、彼らは解体しなくてはならないイデオロギーとして摘発するわけである。かような意識形態は彼らからみればブルジョア階級に奉仕する、真実を歪曲した観念体系であったからである。しかしイデオロギーの解体はたんなる批判によってはなされえない。

人間の頭脳のなかのいかなる観念も、たとえいかにぼんやりした観念であろうとも、経験的に確かめうる物質的な現実的土台に根をもっている。しかもこの土台は、マルクスの定式（岩波文庫『経済学批判』序言）によれば、生産諸力の一定の発展段階に対応する、人間の意志からは独立した生産諸関係の総体（社会の経済的構造）である。そうであればイデオロギーの解体はこの構造を変革することでなければならない。

ところで共産主義はマルクスとエンゲルスにとっては成就されるべき何らかの状態でもなければ、現実がそれにのっとって形成されなくてはならない理想でもない。もっぱら現在の状況を変革する現実的運動である。してみれば、現実的土台の構造の変革は何よりも共産主義によってなしとげられなければならないのである。こうして、彼らにとってイデオロギー論は革命理論と接合され一本化されて、両理論はたがいに前提を与え合うひとつの円環として結ばれることになる（ハーバーマス『理論と実践』細谷貞雄訳）。

後年、エンゲルスはメーリング宛ての書簡（一八九三年七月十四日付）で、政治的・法律的その他のイデオロギー的観念によって媒介された行動を経済的基礎事実から導きだすことに重点を置いてきたために、これらの観念がいかにして生まれるかを等閑にふしてきた、そのことがかえって論敵の誤解を招いたと釈明して、イデオロギーについて次のように語っている。

「イデオロギーは一つの過程であって、この過程は、なるほどいわゆる思想家によって意識をもって完成されるものではあるが、それはまちがった意識でなされるのである。彼をうごかしている本来の原動力のことは、彼にはしられずにいる。さもなければそれはイデオロギー的過程ではないであろう。だから彼はあやまった、またはみせかけの原動力を想像する。それが一つの思惟過程であるから、彼はその内容と形態を、彼自身または彼の先行者の、純粋な思惟からひきだしてくるのである」（大月書店版『マルクス＝エンゲルス選集』第十五巻）。

ここに語られている、いわゆる虚偽意識が以後イデオロギー識別のための重要な役割を演じることになった。ある任意の思考がイデオロギー的であるかどうかは、その思考が虚偽意識を含んでいるかどうかによって——とくにマルクス主義者たちによって——評定されるようになったのである。

ところでマンハイムによれば、マルクス主義のイデオロギー論には二つのイデオロギー概念が混同されている、というのである。ひとつは部分的イデオロギーであり、他のひとつは全体的イデオロギーである。なるほど両概念とも観念を、それを抱く人の社会的存在位置に基づいて理解するという点では共通してはいるが、両者は意味のうえで区別されなければならないのである。

部分的イデオロギーは彼によれば心理学的レベルで演じられる欺瞞層を意味している。しかしこの欺瞞層は嘘の場合にみられるような仕組まれたものではなく、ある社会的要因からの必然的帰結として生まれてくるので、部分的イデオロギーは個人的主体の、社会的な利害心理に起因する虚偽とか隠蔽にかかわる諸観念の形態である。ところが全体的イデオロギーの場合はこれとは事情が異なっている。「あの時代はあの観念の世界のうちに生きているとか、われわれは別の観念の世界に生きているとか、またはあの歴史的に決定された社会層はわれわれとは別の範疇でものを考えているとか」といわれる場合、ここで考えられているのは個々別々の思想内容ではなく、全く特定の思想体系である。この思想体系はある時代の、あるいはある社会層の、客観的な構造の機能したものとして考えざるをえないので、この思想体系を担う個人もまた個人的主体としてではなく、集合体の主体という方向でとらえなくてはならない。それゆえ全体的イデオロギーとはある時代なり集団なりの、全体としての意識構造もしくは精神構造にかかわるイデオロギーであり、その分析は精神論的なレベルでなされなくてはならない。しかし両概念とも敵対者に対して自分の思考上の立場を何ら問題のないもの、絶対的なものとみなしているかぎり、その意味では特殊性をまぬがれない。この特殊性をまぬがれるためには敵対者の立場だけではなく、原理上あらゆる立場、したがって自分の立場をもイデオロギー的なものと考える勇気をもたなければならない。かような勇気をもつ時、そこにイデオロギー概念の普遍的把握が可能になる、とマンハイムはいうのである（『イデオロギーとユートピア』鈴木二郎訳）。こうして彼は全体的イデオロギー概念を普遍的に把握することによって、たんなるイデオロギー論から〈知識社会学〉へと通じる道を拓こうとするわけである。そのために、彼はイデオロギー概念の純粋に知識社会学的な内容（思考の存在被拘束性）を特殊的な、政治的・扇動的などの「殻」（Einkapselung）から解き剥がそうとする。しかしわれわれにとって問題なのはむしろこの「殻」である。イデオロギーにはつねにこの「殻」がこびりついている。というよりもイデオロギーはこの「殻」を身に纏いつけて現われるといった方がいいかも知れない。そうであれば、この「殻」こそ今日的意味でのイデオロギーをイデオロギーたらしめているものではないのか。政治的イデオロギーが人びとを煽動して、イデオロギー的仮象のために人びとが動員させられたことをすでにわれわれは経験しているし、また政治的権力の介入が経済市場を左右することもすでに知っている。イデオロギーは現実を動かす大きな潜在力をもっているのである。してみれば、まさにこの潜在力こそ問題なのではあるまいか。それゆえ、次にわれわれが問わなければならないのは人びとをある方向へ駆りたてていくイデオロギーの力学である。

3　イデオロギーの力学

イデオロギーは自立化した意識の所産であるといっても、社会的に自由な空間のなかで全く自由に構成されるわけではなく、社会的空間に実在する、ある特定の存在（集団）にその根をもっている。つまるところイデオロギーは社会的存在（集団）に根をもつ意識が構想する観念の表出である。だからといって全く非力の「幻想」というのではない。それどころか、たとえ「幻想」であったとしても、この「幻想」はもはや社会的現実に対して実践に役だたない非現実的なものではなく、あらゆるものを動員する潜在力をもつのである。

ある社会的階層の抱く観念およびその意識形態はなるほどその階層の人びとの意識の所産ではあるにしても、その関係は単純な因果関係にあるのではなく、かような意識形態はむしろ逆に彼ら自身の存在に根拠を与えるとともに彼らの存在を確かなものにする。このことによって彼らは自分たちの主張を社会全般に妥当させるために彼らの意識形態であるイデオロギーを普遍化するのである。そしてこの普遍化されたイデオロギーが社会をある特定の尺度によって秩序づけ、そしてさらにその秩序を、人間がのっとるべき、自然によって定められた永遠の法則であるかのように措定するのである。ここにはあきらかに反転現象がある。だからここでイデオロギーは社会的階層に対して自立化し、自律性の外観を帯びて現われてくるのである。

このように自立化したイデオロギーは、したがっておのれ自身の根拠を前史の意識形態から独自に導きだしてくると同時に、そのことによってイデオロギーは人びとの行動に指針を与えるようになる。しかもこうしたイデオロギーに媒介された行動は社会のあらゆる分野におよび、そのいくつかは制度化される。こうして統一的、持続的な制度（たとえば官僚制度）に具現化されてイデオロギーは固定化されるわけであるが、しかし現実は流動的であるので、イデオロギーと現実との間には不可避的にズレが生じざるをえない。そこでイデオロギーは現実をおのれに則して解釈し、この解釈された現実を本当の現実だと主張するのである。しかしイデオロギーが自己主張すればするほど、実際の現実は歪曲され隠蔽される。しかもイデオロギーによる解釈には、イデオロギーがもともとある特定の階層に根をもっているので、その階層の利害関係が絡んでくる。だからこのイデオロギーが評価する諸価値はおのずとその階層に有効に機能するようになるわけである。こうしてイデオロギーには歪曲性や階層性あるいは虚偽意識などの問題が不可避的に生じてこざるをえないのである。むしろ逆にこうした不純物をその本質部分にもっている意識形態あるいは観念体系がイデオロギーである。

ところでエンゲルスによれば、イデオロギーはひとつの過程であり、この過程はいわゆる思想家によって意識をもって完成される。しかしそれはまちがった意識でなされる。ところが思想家を動かしている本来の原動力は彼には知られずにいるというのである。そうであるからには、第三者の客観的立場からみれば虚偽意識ではあっても、当事者は自分を動かす原動力が何であるかを全く知らずにいるのであるから、イデオロギー的思考をもつ支配的階層の主体にとって虚偽意識は存在しない。この主体にとって自分の抱く思想はこれこそが唯一の真理であり、そして、真理であることにこの主体は不動の確信をもっている。だからイデオロギー的思考をもつ主体は確信をもって自分の抱く思想で現実を裁断するとともに、自分の利害と他の階層の人びとの利害とを一致させることによって自分の思想を普遍的なものとして一般化するのである。しかも、この一般化は政治やジャーナリズムなどの手段を動員して行われるので、イデオロギーは一般大衆を動かす力をもつのである。ここではイデオロギーはたんに観念体系であるというよりも、まさしく信念体系である。こうしてイデオロギーはイデオロギー的思考をもつ支配的階層の主体にとって信念体系として現われるので、この主体は自分の思想をもはや「イデオロギー」としては認識しない。ところが「イデオロギー」として認識しないという、まさにこのことがかえって信念体系に偏執的、偏狭的性格を帯びさせ、信念体系はますますイデオロギー的にならざるをえない。そしてこの硬直したイデオロギーが人びとをまき込んで社会全体を特定の方向へ導いていくことになる。かつてわが国においても、大東亜共栄圏をかかげ、それを実現するための主導的概念であった八紘一宇に全国民が総動員させられたことがあったが、この歴史的事例は信念体系としてのイデオロギーがいかに世論の趨勢を決定づけ、ある方向に人びとを煽動し動員するかをわれわれに昭示している。ファシズムのような、とくに硬直化したイデオロギーは現実全体をその土台から動かす力をもつのである。

　ところでマルクス主義者たちにとっては、歴史はつねに階級闘争の歴史として現われるので、いつの時代にも、時代を支配する思想はその時代の支配階級の思想である。というのも物質的生産の手段を自分の支配下に置く階級はそれと同時に精神的生産手段をも自由に支配することができるので、精神的生産手段を欠いている人びとはおおむねこの階級の思想に従属することにならざるをえないからである。かくして、あるひとつの時代を支配する思想は、なるほどその時代の支配階級から自立している自律的な思想という外観を呈してはいるけれども、実はその時代の支配階級を支配階級たらしめている物質的諸関係の観念的表現にすぎず、この階級に帰属しつつ精神的労働に従事しているイデオローグたちの意識の所産にほかならない。支配階級がその時代の思想の生産と分配を規制しているのである。それゆえ、マルクス主義者たちが摘発するのは支配階級の思想であり、イデオロギーである。とくに攻撃の的になるのは資本主義的体制こそ永遠のものであり最高のものであるという、ブルジョア的幻想が生みだしたイデオロギーである。そのため彼らは資本主義体制そのものを崩壊させなくてはならないと主張するわけである。

マルクス主義者たちにとって歴史の原動力は何よりもまず経済的運動である。政治的、法律的、哲学的理論なども歴史の展開の経過に、すなわち歴史的闘争の経過にその作用をおよぼし、闘争の形態を決定することがあるとしても、これらのさまざまな作用要因のなかにあって結局必然的なものとして自己を貫徹するのは経済的運動だけである。すなわち彼らによれば、人間は歴史を自分で作っていくが、それはきわめてはっきりとした前提と条件のもとにおいてである。なるほど政治およびその他の前提と条件も、それどころか人間の頭脳のうちにある伝統さえも、ひとつの役割を演じてはいる。けれどもそれらのうちで最も決定的な要因は経済的な前提と条件であるというのである。したがって彼らにとっては資本主義的経済体制から共産主義的経済体制への展開が歴史の必然的発展の道筋でなくてはならないのである。前述したようにマルクスとエンゲルスにとって共産主義は、少なくとも『ドイツ・イデオロギー』の段階では、成就されるべき何らかの状態でもなければ、形成されるべき何らかの理想でもなかった。それは現状を打破する現実的運動であった。したがって彼らは自分たちの理論をイデオロギーとは思ってもいなかった。ところがマルクス主義者たちが資本主義から共産主義への道筋を歴史的発展の必然的法則と考え、共産主義を成就されるべき社会体制の理想として固定化し、搾取されている労働者たちの救済を主唱する、ある種のメシア主義を標榜するようになると、マルクス主義者たちにとって共産主義思想はひとつの信念体系であり、それは、すでにひとつのイデオロギーである。

こうして労働者救済のためのイデオロギーとなった共産主義思想はロシア革命によって成立したソビエト政権の指導原理となり、さらにこの思想は、この思想の側からみれば資本主義体制の最も危機的な政治的支配形態であるドイツのファシズム（ナチズム）との戦いをとおして発展し、成長をとげたのである。もはや共産主義は階級的レベルのイデオロギーではなく、階級を越えて国家体制のなかに編み込まれた国家的レベルのイデオロギーになったのである。すなわち官許のイデオロギーになったわけであるが、この官許のイデオロギーが戦後は世界を二分する、いわゆる冷戦構造を形成するに至ったのである。そして、二つの敵対するイデオロギーの対立が激化するにつれて、戦力増強や核兵器の開発が最優先され、自然科学をはじめとしてあらゆる学問がその渦中にまき込まれた。すべてのものはそれが真実であるかどうかではなく、自陣に有益であるかどうかではかられ、有害なものはことごとく断罪されたのである。こうした事態に直面して人びとはあらためてイデオロギーのもつ潜在力の強大さに気づかされたのである。ソビエト連邦崩壊後、冷戦構造は解体し、過激なイデオロギー闘争は終焉したが、しかし今日なお多くの問題を残している。

イデオロギーに駆りたてられ、その潜在力を経験した今日でもなお「イデオロギー」は現実からは遊離したまちがった思想として軽蔑的な意味合いで、敵対する相手側の思想に対して用いられることが多いが、この用法ではイデオロギーの核心部分にある問題は何らあきらかにならない。むしろわれわれは脱イデオロギー化をはかるためにも、われわれ自身がイデオロギーの潜在力の圏内にあることを自覚しなければならないだろう。

4　イデオロギー的仮象への批判

イデオロギー問題を、むしろ心理学的領域の問題とみている、W・スタークはイデオロギーとは何かにふれてこう述べている。仮にある人が、何らかの利己的・党派的な利害関心あるいは欲望がその心理的起源においてある役割を演じたところの、そしてもしその利害関心あるいは欲望が入り込まなかったとしたら異なっていたであろう、そうした観念あるいは観念体系を抱くとすれば、その人の思想はイデオロギー的であると特徴づけられる（『知識社会学』杉山忠平訳）。

スタークにとってイデオロギーとはたんに「社会的存在によって決定される観念」のことではない。社会的存在によって決定されるからといって、その観念が必ずしも利害関心に基づいた、まちがった観念であるとはかぎらないからである。スタークにとってイデオロギーとはどこまでも、現実に一致しない非現実的な、偏見にとらわれた思想であり、それは心理学的レベルで生じる歪んだ観念体系である。すなわちイデオロギーとは、彼によれば、たとえば意識下で起こる苦悩に満ちた期待とか願望などの感情が意識平面での思考過程に作用し、そのことによって事実が歪曲されて構築される、あくまでも心理学的な起源に由来する観念体系である。彼はこんな例をあげている。

ある医者が肺癌を患っていた。彼は彼と同じ兆候を、彼の患者のひとりに認めたとしたら、まちがいのない診断をしたであろうのに、彼自身の症状についてはそれをありのままに認めようとはしなかった。肺癌の最後の段階においてさえ、彼は「気管支炎」のしつこさを訴えたというのである。この事例をとりあげて、肺癌ではないという幻想を抱いて死んだこの医者の意識下には（自分の症状は肺癌とは）ちがう！　ちがう！　自分が死病をもつなんてことがあってはならない！　という苦悩に満ちた期待と願望があり、そしてこの悲痛な叫びが――人間には時として自分には変更できない、また自分がみたくもないものを締めだそうとする傾向があるので――意識の平面においていつわりの確信と、えせ事実的な思想内容に転化してこの医者に幻想を生じさせた、とスタークはいうのである。

この事例は全く個人性格上のたんなるひとつの出来事にすぎないわけであるが、しかし彼によれば、この幻想の発生構造は一般的な、いわゆるイデオロギーの発生構造と本質的には同じものだというのである。

それにしてもスタークはここで肺癌という結果において確かめうる客観的事実から逆推理し

ているので、医者の想念を幻想と確定することができたわけであるが、彼のイデオロギー論によれば、イデオロギー的歪曲の起源はつまるところ意識下の衝迫にあるのであるから、ある具体的な思想がその思考過程で、利己的・党派的利害関心の合理化にどの程度動機づけられているのか、すなわちこの思想がイデオロギー的にどの程度汚染されているのか、そしてまたこの思想が現実社会の真髄をどの程度までとらえているのか、この判別はそう簡単にできるものではないであろう。というのも意識下の衝迫はかかる思想と現実との間に実際に生じた、その歪みの結果から逆推理することによってしか明らかにならないだろうからである。

いずれにしても、われわれのあらゆる営みは意識によって媒介されているので、その意味では人間の営為はすべてその根拠を意識のうちにもっているといわなければならない。知的営為においてはなおさらのことである。個々の事象や出来事をたんに羅列するだけでは、そこには知的形態は生じない。それらの事象や出来事が特定の秩序で形どられ統一された時はじめて、そこに知的形態が生じるのであり、この秩序と統一を与えるのはほかならぬわれわれの意識的活動である。しかもこの意識は無色透明で所属性のない空中にあるような意識ではない。すでに歴史的に制約を受け、社会的存在に根をもつと同時に、何らかの心理的要因に着色されてしまっている意識である。だから、この意識の行う世界解釈にはたんに事実的記述面だけではなく、いつもすでに一定の価値的要求を満たすような価値評価面がもつれ込んでいて、解釈された世界の事実像は同時に価値像でもあるわけである。したがっていかなる知的形態にも、それの秩序と統一がかかる意識によって与えられるのであるから、たとえ偏見のない客観的な知的形態だと主張されるにしても、やはり主観的な不純物が混入している可能性は十分ありうるわけであり、そのかぎりわれわれの知的形態はイデオロギーの発生源をつねにもっているわけである。してみればわれわれ自身もまたイデオロギー圏の渦中にあるとみなければならない。

こうしてわれわれがイデオロギー圏の渦中にまき込まれていることを自覚する時、われわれにとって問題になってくるのはイデオロギーを、その起源にさかのぼって論難する議論であるよりも、むしろイデオロギーから不可避的に生じてくる仮象の問題である。このイデオロギー的仮象は現実の実像という偽装をして現われてくるので、われわれの行動に指針を与えるとともに、知らぬ間にわれわれはその勢力圏にまき込まれて動員させられることにもなるからである。しかもこの仮象はイデオロギーを強固な信念体系にまで増幅させるので、われわれが二十世紀において経験したような硬直化したイデオロギーを登場させることにもなるわけである。ふたたび出現するかも知れない、かようなイデオロギーの登場に警鐘を鳴らすためには、かつてカントが理性批判によって先験的仮象（transzendentaler Schein）を反省したように、われわれもまたイデオロギー批判をとおしてつねに起こりうるイデオロギー的仮象に対して徹底した反省を試みなければならないだろう。しかしイデオロギー批判はそこだけにとどまるわけではない。イデオロギー批判はまた今日的状況を生みだした近代という時代への批判であると同時に、さらには現代の諸問題へのいくらかの、見通しをつけるための試みでもなければならないだろう。

参考文献

竹内　啓『近代合理主義の光と影』新曜社、一九七九年
山崎正和『近代の擁護』ＰＨＰ研究所、一九九四年
Ｅ・トーピッチュ（生松敬三訳）『イデオロギーと科学の間──社会哲学（上）──』未来社、一九八五年

七　わたしの履歴

——教育学部・最終の講義（平成十三年一月三十日）

ここでお話する「わたしの履歴」というこの表題はわたしが歩んできた道を皆さんに積極的に話してお聞かせするという意味をもっているわけではありません。きわめて消極的な意味でご理解いただきたいと思います。たとえば、子どもに「あの時親父は何をしていたんだ」と問われて、しぶしぶ自分の歩んできた道を世相を交えて子どもに話す父親の心境といった程度の意味しかもってはいないということです。こうした意味合いをご理解いただいたうえで話を進めていこうと思います。

わたしが仙台の大学に入学したのは昭和三十年代初頭（一九五七年）のことです。その当時の世相は、昭和二十八年に家庭電化の時代が幕開きして街頭テレビが大盛況でした。当時テレビ受像機は安いものでも十八万ぐらいしたということですし、その頃の大卒の初任給が七千円〜八千円ということでしたから、とても庶民には手が出なかったわけです。そんなわけで街頭テレビが大繁盛したわけです。資料によりますとボクシングの世界フライ級タイトルマッチ戦では「街頭テレビの前に群衆があふれ、交通が渋滞した」ということです。この街頭テレビに直結するわたしの画像は、力道山が活躍したプロレスの映像です。当時放映時間がかぎられていましたので、放映がはじまるまでかなりの時間待ったような記憶があります。

ところが昭和二十九年、景気が谷間に入って、デフレ風が吹き不況におちいりました。この年はまた第五福竜丸が「死の灰」で受難した年でもあり、当時の新聞はこの事件でもちきりでした。新聞には毎日のように静大の塩川教授の名が登場し、ガイガーカウンターとかイオン交換樹脂とかストロンチウム90などといった見慣れない言葉を目にしたのもこの頃のことです。

翌年の三十年は不況を脱して、本格的な家庭電化時代を迎え、家庭の主婦の憧れは電気洗濯機、電気冷蔵庫、テレビ受像機の三種類を揃えることで、これを当時「三種の神器」と呼んだわけです。そして昭和三十一年には、経済企画庁が『経済白書』で「もはや〝戦後〟ではない」と発表して、この言葉が流行になりました。この年はまた石原慎太郎氏の芥川賞受賞作品『太陽の季節』が一世を風靡して、青春の無軌道ぶりを良しとする傾向がでてきましたので、そういう連中のことを大宅壮一氏が「太陽族」と名付けたのをきっかけにして「太陽族」という言葉が流行した時代でもありました。昭和三十二年には、フランク永井氏の「有楽町で逢いましょう」という歌が爆発的な人気を呼びました。当時はまだ、東京といえばまず「銀座」という時代であったから、なんで「有楽町」なのかと思って、あとで調べてみましたら、どうやらこの歌は、大阪から東京・有楽町に進出してきた〝そごう〟のＰＲソングだったようです。

こう述べてきますと、わたしが大学に入った昭和三十年代初頭は好景気にあおられて世の中全体がなにか浮かれていたような印象をもちますが、かならずしもそうではありませんでした。とくに東北の田舎では米はとれるが現金収入がなく生活は厳しかったようで、中学を出たばかりの子どもたちが先生に引率されて集団就職のため上京する姿をよくみかけました。金の玉子といわれた彼らがその後どうなったのかは知りませんが、挫折して帰郷した子どもたちも多くいたのではないかと思います。

あの頃はまだ夜行列車を利用してヤミ米を東京へ運んでいく人たちがおりました。仙台からの夜行列車でこういう人たちにたびたび遭遇しましたが、赤羽駅で米袋がプラットホームにうずたかく積まれていた光景を観たこともありました。ヤミ米の摘発だったようです。当時上野・仙台間は普通列車でおよそ九時間ほどかかりましたので、行きも帰りもよく夜行列車を利用したものです。仙台の川内にはアメリカ・進駐軍がまだ駐留しておりましたので、青葉城址に登るためには、進駐軍の検問所の前をとおって行くことになりますが、とくに検問を受けるようなことはありませんでした。ほどなく進駐軍は撤収して行きました。青葉城址には馬上姿ではなく裃姿の独眼竜政宗公の石像が仙台市内をみおろしておりました。当時市内には電車が縦横に走っていましたからどこへいくにも便利でした。ちなみに下宿代は三食つきで月五千五百円でした。当時東京では間借でたたみ一畳千円が相場だということでしたので、東京とくらべると、ずいぶん住みやすかったように思います。

話がいくぶんそれてしまいましたが、とにかく社会には表の顔と裏の顔があるようで、それは大学でも同じでした。大学で表の顔を代表するのは当時花形であった工学部のとくに電気、電子工学を専攻する学生で、彼らは威風堂々としておりました。それに対して裏の顔を代表するのはどうみても文学部の学生で稔りのない理屈ばかりこねておりました。

わたしが仙台で知り合った学友たちのなかにもこうした世相を反映したような連中がおりました。太宰ばりに自分の弱点をさらけだしてそれを良しとする学友。島崎藤村の「心の宮城野よ／乱れて熱き吾身には／日影も薄く草枯れて／荒れたる野こそうれしけれ」という詩片を諳んじて感傷にひたる学友。サルトル流の「実存主義」をふりかざしたり、カミュの「不条理」を熱っぽくしゃべる学友。世をすねたような、東京からの落ち武者的な学友。こうした連中は本流からはずれてグループをつくるものですが、ある時この連中に誘われて同人雑誌をつくることになり、わたしもこの雑誌に小説らしきものを載せたことがあります。が、小説を書くというのはやはり内から湧きでてくるものがなくてはならないことを悟って、早速文学からは足を洗うことにしたわけです。不本意ながら、生真面目だと思っていたわたし自身もまわりからは屁理屈ばかりこねている与太者連中のひとりに数えられていたようです。

それはともかくとして文学がだめならば、あとに残るのは史学系と哲学系ということです。そこで思いきって哲学系を、それも社会学や心理学ではなく、西洋哲学を専攻したわけです。もちろん、そこには動機といえば動機といえなくもないものがあったのも事実です。それは大学にもようやく慣れてきた二年次の時のことでした。「哲学概論」の講義を受けて近世哲学のカントの考え方に疑問をもったからです。というよりも理解できなかったからです。

カントがいうのには、われわれの認識は、感性と悟性という二つの能力によって成立する。感性とはさまざまな現象を受けとる能力、悟性とは感性をとおして与えられたものを思考し判断する能力だというのです。

まず感性によってわれわれに認識の対象が与えられ、そこに直観が生じる。そしてこの直観を可能にしている形式が時間と空間である、と彼はいうのです。つまりわれわれの内に生ずる直観は対象と直接関係する認識作用であるが、その内には感覚によるものとそうでないものとに分けられる。この後者のもの、このものが時間と空間であるというわけです。そうであれば、この時間と空間は物に属する性質や関係ではなく、どこまでもわれわれの直観の形式であって人間の主観的構造に基礎をもっているといわざるをえない。ひらたくいえば、時間と空間はわれわれが物を観るための、われわれの側にある枠組みだというわけです。――さあ、ここが解らないわけです。

時間と空間はわれわれの主観とは独立にそれ自体で実在しているのではないのか。すべてがすでに時間と空間によって客観的に規定されてしまっている、こうしたことを前提したうえでわれわれは物を認識しているのではないのか。それなのに、時間と空間が物を観るわれわれの能力の枠組みであるとはどういうことであるのか。こうした疑問が起ってきたわけです。そこで思いきって西洋哲学を専攻することにしたわけです。単純に、哲学を専攻すれば、理解できるようになると思ったからです。

こうして卒業論文はカントの認識論にしぼって研究することにしました。木村・相良版の独和辞典を片手に『純粋理性批判』に取り組んだわけでありますが、そう簡単に読解できるわけがなく、天野貞祐氏の訳書をおおいに頼りにした次第です。理解がだんだん進んでいくうちに、ひょっとして、カントのいうとおりかも知れないという気になってきました。たとえばわれわれの生活空間を縦横無尽に流れている電波はわれわれの耳には聞えない。そこでラジオのスウィッチをいれる。ラジオはわれわれの耳には聞えない電波を増幅してわれわれに聞えるようにする装置ですから、当然われわれの耳に聞えてくる。つまりラジオがなければ、われわれには電波は感知できない。ということはわれわれの認識能力がおよぶ範囲でしかわれわれは対象を認識することができないということになります。

こうしたことから考えると、さまざまな対象が時間・空間の枠組みのなかで現われてくるのはむしろわれわれの側に時間・空間という、物を観る枠組みがあるからではないか。カントも時間・空間はまた現象の形式でもあるといっているわけですから、時間・空間はわれわれの直観形式であると同時に、物がわれわれに現われてくる現象の形式でもあるといわざるをえない。それでは、時間・空間の枠組みにはいってこないものはどう考えるのか、ということになりますが、それをカントは物自体（可想体）というわけです。つまりわれわれには認識されないが、〈ある〉と想定されるものがあるというわけです。

こうしてカントにおいては、われわれの認識は現象の世界にかぎられ、そこでは認識主観のア・プリオリな形式が主役を演ずることになります。そして悟性が自然に対して法則を課すことになるわけです。つまりカントの認識論においては認識主観が対象を構成するわけです。——こうしたことをまとめて卒業論文を書いたのですが、卒業論文は提出すればそれでいいというものではなく、古代中世・近世・現代の哲学三講座の先生方による口頭試問がありました。この試問で体に変調をきたした先輩もいたということですが、なんとかこの試問に耐え、卒業することができました。が、このまま大学に残ってもやっていけるかどうかあまり自信がなかったので、とりあえず就職しようと思って映画助監督の試験を受けにいったわけです。なんで映画の助監督なのか、皆さんはそう思うかも知れません。理解して頂くためには、当時の世相を説明する必要があるのではないかと思います。

昭和三十五年（すなわち一九六〇年）は日米安全保障条約の改定をめぐって、大学生を中心に多くの人たちが国会に押しかけて大混乱を巻き起こした、いわゆる六〇年安保の年で、その頃日本映画界でもヌーベル・バーグといってフランスから新しい波が押し寄せてきた時代でした。そんな時、安保闘争の世相を背景に登場したのが大島渚・篠田正浩・吉田喜重などといった新監督たちであったわけです。こうした流れに便乗したような形で、わたしも松竹の大船へ受験にいったわけです。なぜ松竹か、その裏には木下恵介監督への憧れがあったように思います。当時スクリーンに描きだされる木下監督の叙情詩にはおおいに魅せられておりましたので。ところが受験会場で受験生たちの会話を聞いてこれはだめだと思いました。彼らは朝から晩まで映画をみていてもあきない連中で、映画のことなら裏方のことにいたるまですみからすみまで知っていた。案の定二次試験で不合格になりました。映画会社は他にもあったわけですが、どうしてもという意欲も湧きませんでしたのであきらめました。わたしの学友のなかには日活に入社して長年苦労を重ねた末監督になった人もいたようです。

次に受験したのは地方のある新聞社でした。出題された問題のなかに、「三原色」について説明せよ、というのがあって、わたしはこれをサンゲンショクと読んで、絵の具と光りの三原色について説明したわけです。しかし、わたしのこの解答にはなんとなくしっくりいかないものがありました。そこであとから人に聞いたことですが、「三原色」はミハラショクと読むのではないのか、ということでした。そういえば、前年までセ・リーグの最下位であった「大洋ホエールズ」が、西鉄球団から移籍した三原脩監督のもとで日本一になった。このことで三原監督の采配は当時「三原マジック」と呼ばれました。つまりプロ野球界は「三原色」に彩られたわけです。

とにかく「三原色」をサンゲンショクと読むようでは時勢に対するセンスがなく、だめだと思いました。つまりこの方面での才能はわたしにはまるっきりないのではないかと思った次第で、自分の適所もわからぬまま哲学へとUターンすることになったわけです。

以上のような次第で大学院に進学することになったものの、引き続いてカントを研究するのはなにかしらわたしには向いていないような気がしました。

カントという人は非常に誠実で几帳面な人柄であったらしく、みずから自分に日課を課してそのとおりに実行する人であったということです。もっともカントはもともと身体が弱かったらしく、規則正しい生活をみずから強いたということです。彼は朝五時に起床し夜十時に床につくということを老齢になるまでつづけたようで、その他日課もきまっていたらしく、彼が町を散歩をしているのをみて町の人たちは時刻を知ったという話が伝えられています。

それほどカントはみずからを律した人ですから、それだけに彼の説く道徳法則は厳しく結果がよければそれでいいというものではなく、彼が定言命法としてあげている規律は、「きみがこうしようと意志することが、いつでも同時にすべての人にあてはまる立法の原理として通用しうるように行為しなさい」ということであった。結果ばかりではなく動機もよくなければならないというのが彼の主張である。こうした彼の厳格すぎるほどの考えには、なにかそぐわないものを感じて、カントからの、実存哲学への転向を考えたわけです。

そんな折、昭和三十五年に北海道大学から東北へ移ってこられた細谷貞雄という先生がハイデッガー哲学の、日本で指折りのすぐれた研究者であることを知り、思いきってその先生の門をたたいた次第です。こうしてハイデッガーを中心とした実存思想の研究がわたしのテーマになったわけです。

そうなりますと、まずハイデッガーの〝Sein und Zeit〟を解読しなければなりません。この書物はカントのものよりさらに難解でした。当時の翻訳書としては寺島實仁氏が三笠書房からだした『存在と時間』（上巻昭和十四年、下巻昭和十五年）と松尾啓吉氏の『存在と時間』上巻（勁草書房）、および桑木務氏の『存在と時間』上巻（岩波文庫）だけでした。しかも、寺島版は絶版になっていて古本屋でしか手に入れることができませんでした。

ようやく手に入れた寺島版の訳本では、人間存在を規定しているDaseinという用語を「生存」と訳し、人間存在のあり方を規定しているExistenzを「覚存」（自覚存在）と訳しているわけでありますが、どうもDaseinの意味がはっきりしませんでした。あまりにも平凡な訳語のように思いました。

ハイデッガーによれば、われわれは〈ある〉がなにを意味するかを概念的にはっきりと確定しているわけではないが、「われわれはいつもすでにある存在了解のなかを動きまわっている」（細谷貞雄訳）というのです。たとえばわれわれは「あそこに猫がいる」とか「あそこに猫がある」とかいいますが、後者の場合は、どうみても猫は猫でも猫の置物のことをいっていることになります。このように、われわれ人間は「あるものの〈ある〉」をそれとなく理解している存在だというのです。そしてこうした人間存在を彼はDaseinと規定するわけです。ですから「生存」という訳語にはなんとなく違和感を覚えたわけです。

ところで和辻哲郎氏は著書『風土』の序言でこう述べています。「自分が風土性の問題を考えはじめたのは、一九二七年の初夏、ベルリンにおいてハイデッガーの『有と時間』を読んだ時である」と。この文面からしますと、和辻氏はSeinを「有」と訳しているわけですが、Daseinはそのままとしています。〝Sein und Zeit〟が刊行されたのが一九二七年のことですから、和辻氏はその年にこの著作を読んである種の感動を受けたようです。

話が少々それてしまいましたが、わたしがハイデッガー研究にとりかかろうとして寺島版と松尾版、桑木版を読み比べていた、そんなある日のこと細谷貞雄先生からの呼びだしがあって伺うと、実は今度理想社から〝Sein und Zeit〟を訳すことになって輪読会をするから君はメモ係としてでてくれないか、といわれたわけです。これは天の助けだと思いました。そこでその場で諒承、というよりもむしろこちらからお願いした次第です。

輪読会は細谷先生を中心に亀井裕先生（当時、助教授）と船橋弘先生（当時、講師）が加わり、先生方がそれぞれの分担を決められて、その箇所の翻訳文を順次発表するという形で進められていきました。そして問題となる箇所については、わたしが松尾版と桑木版を参考に読みあげるということではじめられたのですが、わたしが読みあげる訳文は全く取りあげられませんでした。

その後桑木版は中巻が昭和三十六年十二月に下巻が三十八年二月に出版されました。

ところで輪読会も半ばにさしかかった頃、細谷先生がハイデルベルグに出張されることになったのです。そこで先生はご自身が不在でも輪読会が続行できるように後半部分をすべて訳され、多量の原稿を亀井先生に託されていったわけです。その原稿を、今度はわたしが読みあげ、亀井・船橋両先生が原文と照らし合わせながら問題点をチェックするという形で輪読会はつづけられました。

最終的には、帰国された細谷先生が訳文全体を見直し、書き改めて昭和三十八年十二月に『存在と時間』(細谷・亀井・船橋訳）の上巻が、三十九年三月に下巻が、理想社から出版されました。この理想社版は細谷先生がフライブルク郊外にハイデッガーをたずね原文の不可解な部分を問いただされた訳書であるだけに、ドイツ語講座のヘルツェン氏（専門はヘーゲルの哲学）などはこの訳書を世界で最も正確な『ザイン　ウント　ツアイト』ではないかと評しておりました。

その頃のことだったと思いますが、桑木版は松尾版から無断借用しているのではないかというわさが東京方面から聞こえてきました。どうやら東京では、なにかいざこざがあったらしい。その後昭和四十一年になってようやく松尾版の下巻が出版されました。この松尾啓吉という人は自分でこつこつと〝Sein und Zeit〟を読んでいた市井の人であったようで、大学教授にはかなり手厳しい批判の目を向けています。直接的な的は寺島版の訳に向けられているのですが、寺島訳から約二十年間も翻訳されずにいてほぼ同じ時期に二つの訳書がでてきたことに対しても大学教授の怠慢と非難しております。ちなみにこの松尾版の訳書は今ではなかなか手に入らないと思います。（現在松尾版の訳書は書物復権として新装版が二〇一五年五月二十日に勁草書房から出版されている）

〝Sein und Zeit〟の翻訳はこれで一段落ついたと思ったわけですが、実はそうではなく、昭和四十四年には河出書房新社から『世界の大思想 28』として辻村公一版の『有と時』が出版され、四十六年には中央公論社から『世界の名著 62』として原佑・渡辺二郎版の『存在と時間』が出版されました。

今までハイデッガーの著作をあえて原題のドイツ語で Sein und Zeit といってきましたが、それには理由があったわけです。

辻村公一氏は Sein を「有」（ウ）、Zeit を「時」（トキ）と訳すわけですが、それにはそれなりの理由があるわけで、辻村氏によれば、「存在と時間」という訳語には Sein と Zeit を暗黙のうちに、なにか物のように対象化してみるという観方がぬぐい切れずに残っているというわけです。Da sein つまり『現に有る』ということは、『開示されて有る』ということであって、『現に存在する』ということではない」というわけです。

なるほどハイデッガーも Sein をそれ自体で存立していて、それからはじめて人間に向かって近づいてくる対向物のように考えてはならない旨を述べておりますし、後年のことですが、表記上でも Sein ／ Seyn ／ ×Sein としているわけですから、辻村氏が Sein を「有」と訳す理由も当然あるわけです。

辻村氏は京都大学で教鞭を執っておりましたから、京都系の人は今でも Sein を「有」と訳しているようです。また、目下ハイデッガー全集が翻訳されておりますが、この創文社版の翻訳ではすべて「有」と訳すように要請されているやに聞き及んでおります。

わたし自身としては〝Sein und Zeit〟は「存在と時間」という訳でとおしております。ちなみに〝Seyn〟は「玄在」、×〝Sein〟は「十字を刻印された存在」としております。後者の場合の×印はたんに否定の意味を表わすだけのものではなく、天と地、神的なるものたちと死すべきものたちという四元体として考えられていて、これは確かにミュトスの世界を再現しているわけですが、しかしたんなる再現というわけのものではなく、ハイデッガーは存在の水脈を古代ギリシアの水源にまで遡ってそこに存在の新しい端緒を切り開こうとしているのではないか、そんなふうに思っています。

さらにまたハイデッガーの、こうした考え方のなかには、各地域で神々を祭る、日本人の潜在的な意識構造のなかに所在するものと、なにかしら響き合うものがあるのではないか、そんな気もしています。

昭和四十三年、大学院生活のさなか、たまたま静岡大学の教育学部の助手として採用されることになり、その年の三月仙台を発ち、生誕の地へ帰ってきた次第です。わたしの最初の勤務地は大岩キャンパスでした。着任して一年経つか経たないうちに大学紛争がはじまり、新任のわたしなどは最前線でスクラムを組みながら、荒れ狂う学生たちをなだめる側で奮闘した次第ですが、やがて教育学部は大谷キャンパスへと移転しました。新校舎での講義がはじまったわけです。あれから早三十余年の歳月が経ちました。月日の経つのは早いものです。

以上、わたしが哲学の世界に足を踏み入れたいきさつを、世相を交えて述べてきたわけですが、ここでわたしが皆さんに申しあげたいことは、人との出会いは非常に大切だということです。わたし自身細谷貞雄という先生に出会わなかったならば、今日のわたしはなかっただろうし、先生の導きがなければ、ハイデッガーの哲学を生涯にわたって研究しようなどとは思わなかっただろうと思います。

細谷先生、それに大学に入る前の三年間文学の世界について教えて頂いた石田城之助先生、この両先生はわたしの人生にとって忘れえぬ恩人です。石田先生の教えがなければ、わたしの文学部への入学はなかったかも知れません。しかし残念なことではありますが、細谷先生は平成七年に他界されました。石田先生はわたしが高校を卒業すると同時に、東京教育大学附属駒場高校に転勤され、静岡を去っていかれました。

皆さんはこれから多くの人と出会い知り合うことになるだろうと思いますが、そのなかには自分の人生を左右するような出会いもあるかも知れません。人との出会いを是非大切にしていただきたいと思います。

八　ハイデッガーの足あと

「その本来の人柄からいえば謙遜な、質朴な、控え目な、はじめからあらゆる組織のそとに身をおいて」思索していた若き哲学者、そして「学会にも決して出席したことのない」（レーヴィット『ハイデッガー、乏しき時代の思索者』杉田・岡崎訳）、この若き哲学者が、いつの間にか最大の講堂をも満員にし、彼の言葉がドイツをはるかに超えて現代の哲学的思惟を規定するようになったのは、一九二七年『存在と時間』を発表してからのことである。

今日のわれわれは、「存在する」という言葉を使ってほんとうに何を言おうとしているのかと問われて、それにひとつの答えを用意しているであろうか。否、とてもその用意はないのである。そうだとすれば、やはり、存在の意味への問いをあらためて立てることが必要なのである。（ちくま学芸文庫版『存在と時間』細谷訳）

こうして「存在」の意味への問いを具体的に開発することを目途としたこの著作はほかのいか

なる哲学書にもみられないほどの影響力をもって当時の思想界の形勢をまたたくまに一変させたといわれている。

しかしこの著作はついに完成をみるにはいたらなかった。一九四六年、ジャン・ボーフレからの質問状に応じた『ヒューマニズム書簡』で、彼自身によって『存在と時間』の後半部分が断念されたことが述べられるにいたり、結局この著作は大きな断片として残ることになったのである。

ハイデッガーがまだ思想形成期にあった当時、フッサールは哲学を厳密なる学問として構想し、どこまでも理性主義の立場をつらぬこうとしていた。こうしたフッサールから彼は現象学について多くのことを学んだわけであるが、しかし、若きハイデッガーの心を奥底でとらえていたのは何といっても西洋哲学の底流に脈打っていた「存在」の問題であった。「古代以来、哲学の根本的努力は、存在者の存在を理解し、これを概念的に表現することをめざしている」と語り、やがて、彼はフッサールの本質学とは逆に「事実性の解釈学」へと哲学的思索を展開しはじめる。それは、とくに人間的生を基調とする「現存在の解釈学」へと尖鋭化されていった。ハイデッガーは次のようにいう。

「存在」は、存在者についてのいかなる経験においても、表立たずにではあるが、あわせて了解されている。かような存在了解は、われわれ自身がそれであるところの存在者、すなわち現存在にそなわっている。（細谷訳『存在と時間』「序に代えて」）

してみれば、この存在者（現存在）を解釈すること、このことによって「存在」への理解と可能的解釈のための地平がえられるはずである。こうして『存在と時間』における現存在の分析論は、存在を主題とする考究を具体的に成し遂げるために、人間存在の、いくつかの特有な本質的現象、すなわち不安、良心、死等について存在論的な解釈をほどこして、そもそも「存在」というものがそこから理解できるようになる地平を考察し、それを「時間」として証示しようとする道のりを示していた。

ところが既刊の『存在と時間』の、その実質的内容はむしろ実存的パトスにあまりにも彩られていたために、哲学史家たちは一様に実存哲学の枠内でハイデッガーを論じるようになった。こうした風潮を、ハイデッガーは決して容認しようとはしなかった。彼の眼目はあくまでも存在問題全般を開発することにあり、現存在の存在構造を取りだすことはたんにひとつの道程にすぎなかったからである。

『存在と時間』全体はそれぞれが三編からなる二部構成で構想されていた。既刊の著作の「序論」にはこの全体の構想が概観されている。

こうして、存在問題の開発は、二方面の課題に分岐し、それに応じてわれわれの論考の構成も二部に分かれる。

第一部は、現存在を時間性へむかって解釈し、存在への問いの超越的地平として時間を究明する。

第二部は、時節性の問題組織を手引きとして存在論の歴史を現象学的に解体することの綱要を示す。

第一部は三つの論に分かれる。

第一編　現存在の準備的な基礎分析

第二編　現存在と時間性
第三編　時間と存在
第一編　カントの図式論および時間論――時節性の問題設定の前段階として
第二編　デカルトの〈cogito sum〉の存在論的基礎と、res cogitans の問題圏への中世的存在論の継承
第三編　古代的存在論の現象的基礎とその限界の判別尺度としてのアリストテレスの時間論（ちくま学芸文庫版『存在と時間』）

第二部もおなじく三つに分節する。

全体への構想がこのように概観されているだけに、未刊部分の全草稿もハイデッガーの手元ではすでに完成されていて、やがてそれが公表されるにちがいない。そして、新しい哲学の到来を告げる普遍的な現象学的存在論の全容が明らかになるにちがいない、こう期待された。

ところが、『存在と時間』から二年たった一九二九年、フライブルク大学で行われた就任講演

『形而上学とは何か』では、「無」が主題にされた。不安によって通示される「無」は、『存在と時間』では、全くの無ではなく、かえって最も根源的な「あるもの」を暗に示していた。

それはわれわれ自身がそれであるところの世界＝内＝存在の、世界そのものであった。つまり『存在と時間』においては、世界そのものが不安をとおして、われわれが日常的に寄りすがっている存在者の側から「無」として経験されたのである。ところが『形而上学とは何か』で主題にされた「無」は、『存在と時間』の立場をふまえながらも、やはりそこには微妙なちがいがある。現存在の側で起こる無の出現が、『形而上学とは何か』では存在そのものの出来事として展開され「存在者の存在において無の無示（das Nichten des Nichts）が起こる」と明記されるにいたっている。そしてこの「無」の生起が現存在にとって存在者が存在者として明らかになるその開明性を可能にするというのである。

こうした論調から、この講演がなされた当初、ニヒリズムの思想であるとか、真理についての判断を偶然の気分にゆだねてしまうたんなる感情の哲学であるとか、不安を人間存在の根本的な気分として強調する不安の哲学であるとか、さまざまな疑念と誤解を生んだようである。

『後語』(四三年)はこれらの疑念や誤解に応えるという形で論を展開しているが、この時期、ハイデッガーは「無」の経験をとおして「存在」を思索していたのではあるまいか。

一九三三年、ハイデッガーは計らずもフライブルク大学の学長に選出された。そして学長就任にあたって彼は『ドイツの大学の自己主張』と題して講演を行っている。この年はまたナチスが実権を握った年でもあり、こうした政治的情勢にあって、この講演は当然のことながら国家社会主義(ナチズム)を擁護するような立場をほのめかしていた。

大要からいえば、この講演は学問の場である大学が学問をとおしてドイツ民族と結びつき、民族へと奉仕しなければならないことを説き勧めている。したがってこの講演をそのものとしてみれば、彼の大学論とも学問論ともいえないわけでもない。だが、当時の歴史的な背景を勘案すると、たんにそれだけにはとどまらない。おそらく当時のハイデッガーの心境にはナチズムへの同調があったと思われるし、少なくとも表面的には、世界におけるドイツ民族の高揚をうたいあげていたナチズムにおのれの哲学的境涯をかけていたであろうことも推測される。

なるほどハイデッガーは学問の理念を古代ギリシアの発端にまで遡って論じ、「学問とはおのれを絶えず隠蔽している存在者全体のただなかで問いつつもち堪えることである」と説いて、問うことの、あらゆる事物の本質的なものを開示するという、この最も固有な力をとおして、個別化された分野や領域へと寄る辺もなく散在している学問を、そうした状態からつれ戻して再構築する必要性を論じてはいる。が、しかしこの学問論はそのままドイツ民族の現実へと、すなわち隠蔽されていてなにひとつ確かなものもない、そうした不確かな事態のなかへなんの掩護もなく晒されているドイツ民族の現実へと、結び合わされて、あたかもナチズムへの同調を標榜しているようにさえ思えてくる。

それはさながら彼の歴史的実存の哲学をドイツ的現実に移し、そのことによって彼の哲学の地盤とその内容とを獲得しているようでもある。こうした論旨には、レーヴィトが批判するように、一方で大学の自立性が国家によって危うくされるのに反対して大学の「自己主張」を論じながら、それでいて同時に大学の「自治」と「自由」の「自由主義的」な形態を否定して大学を「指導」と「承服」のナチス的図式に無条件に組みいれようとする（レーヴィト『ヨーロッパのニヒリズム』柴田訳）趣さえ感じられる。

ところが学長としての、こうしたハイデッガーの指導も一年にも満たずに挫折するはめになった。それとともに『ドイツの大学の自己主張』も事実上撤収され、生前には再版されることはなかった。

それにしても、以前にはほとんど政治問題について発言したこともなく、政治問題に明るくもなかったハイデッガーが、いわば農夫的な段取りで哲学していたハイデッガーが、諸般の事情はあったにしても、危機的な時期に大学を指導する立場に就任したことは彼の弟子たちにとっては全くの晴天の霹靂であった。

学長就任講演が行われた年の十一月、三木清はこの講演をひもときながら、「ハイデッガーはニーチェのうちに没した。ニーチェの徹底的な理解と、批判と、克服とは、現代哲学にとってひとつの想像をするよりも遥かに重要な課題である」(三木清「ハイデッガーと哲学の運命」)と感慨を込めて語っているが、そのニーチェとの徹底的な対決を企てたのは、ほかの誰でもないハイデッガー自身であった。

ニーチェ講義は三六年からはじめられた。この講義でハイデッガーはニーチェの「力への意志」

を、すなわち存在者の存在へと向けられたニーチェの問いを、「存在と時間」への問いの展望のなかへひきいれて考察する。このことは、ニーチェを『存在と時間』に関係づけて、この著作に書きしるされていることを尺度にしてニーチェを解釈・評価しようというのではない。むしろ『存在と時間』そのものが「それが提起した問いにどこまで堪能であり、どこで挫折するのか、という見地から評定され」るのである。こうして、ニーチェとの対決はハイデッガーにとって「いわば捨て身で企てた」対決でもあった（細谷訳『ニーチェ』上　訳者「あとがき」）。

『存在と時間』の境涯をかけた、そうした対決であるだけに、この講義ではニーチェのひとつひとつの言葉が吟味され、そして、ニーチェの断想が一本の糸でつづられていく。ニーチェの著作の同じ文章がくり返し推敲されて、そのつど別の文脈においてではあるが反復される。ニーチェの思索の跡を、さまざまな断章の糸をたぐって追思していく彼が断章の奥にみるのは、形而上学的思索者としてのニーチェの姿であった。

西洋的思惟の従来の伝統が、決定的な点でニーチェの思索の中で集約され完成されるのだとすると、ニーチェとの対決は、おのずから従来の西洋的思惟との対決になるはずである。（細

谷訳『ニーチェ』上)

こうしてニーチェとの対決は同時に西洋哲学の根本問題をめぐる対決とならざるをえない。こうした対決をとおしてハイデッガーがニーチェの思索のなかにみたものはニヒリズムの根本経験からのプラトニズムの逆転劇であった。ここではもはやニヒリズムはいつか誰かが主唱した見解でもなければ、史伝的に記録することのできる数ある歴史的事件のうちのどれかひとつなどでもない。存在者全体にある目的や秩序を与えてきた「超感性的なもの」がその支配力において衰えて無力になり、そのために存在者そのものもその価値と意味とを喪失していく、そうした歴史的過程である。

古来「存在者の全体にかかわる真理」は、ハイデッガーによれば、「形而上学」とよばれてきた。だから「いかなる時代、いかなる人間類型も、それぞれの形而上学によって担われ、その形而上学によって存在者の全体への特定の関わり合いのなかに、ひいては自分自身への特定の関わり合いのなかに置かれている」(細谷訳『ニーチェ』中)。

ところがニヒリズムとは、存在者の全体にかかわる形而上学的な、その真理が本質的に転化して、その真理によって規定されている終末へとむかっていく出来事である。そうであるからには、この終末は、形而上学の終末として、西洋的思惟を決定づけてきた「超感性的なもの」とそこから発源する「理想」の支配権が崩壊する事態としてあらわにならざるをえない。だが、形而上学のこの終末は決して歴史の終熄を意味するものではない。それは、むしろニーチェの「神は死せり」というかの深刻な出来事との真剣なとり組みの開始である。してみれば「ヨーロッパのニヒリズム」とは、しばしばニーチェが用いた用語であるばかりか、ハイデッガーにとって彼自身が深刻に受けとらなければならない課題の名称でもあったわけである。

ハイデッガーが「神は死せり」という根本経験にうたれたのは、ペッゲラーの報告(Philosophie und Politik bei Heidegger)によれば、『存在と時間』刊行直後の数年間のことであったらしい。この経験は三三年の学長就任講演で、「情熱的に神をもとめた最後のドイツの哲学者フリードリッヒ・ニーチェが『神は死せり』といったことが事実そのとおりだとすれば」と仮定的表現での べられている。しかし、この仮定的表明は、たんなる仮説というようなものではなく、むしろ彼自身の時代診断によって裏打ちされているのである。すなわち、ヨーロッパの精神がその力を喪失して、ヨーロッパ自体が支離滅裂になっているということ、そして老衰した文化が自己崩壊してあらゆる力を紛糾させ錯乱のうちに窒息させているということ、まさにこうした時代判断が彼にはあったのである。

それにしても、そもそもこうした事態に直面して、それでもなお「存在」を問うということがいかなる意味をもちうるのか。

「存在」という言葉で名指されているものがいかなる現実的なものでも、いかなる実在的なものでもないとすれば、「存在」という言葉は、結局のところ空疎な語にすぎないのか。

それとも、ニーチェがいうように、「存在」というような最も高次の概念は「蒸発する実在性の最後の煙」なのか。――こうした問いは「存在」を問うものの側へとはね返ってくる。

そこでハイデッガーは次のように問わざるをえない局面にたちいたることになる。

存在とはたんなる言葉であってその意味はひとつの幻影なのか、それとも「存在」という言葉で名指されているものは西洋の精神的運命を蔵しているのか。

この問いがたてられるのは三五年の夏学期の講義においてである。この講義、すなわち『形而上学入門』は、二九年の講演『形而上学とは何か』と三三年の講演『ドイツの大学の自己主張』の論調をそのままひき継いでいる。

ハイデッガー独自の洞察によれば、いまや世界的規模で精神的世界の暗黒化か進行している。この暗黒化は神々の逃亡、大地の荒廃、人間の大衆化、平均的なものの優先等の出来事としてあらわになっている。こうした世界暗黒化の裏には「精神の無力化（Entmachtung des Geistes）」がある、彼はこう洞察するのである。しかもヨーロッパにとって、こうした暗黒化が深刻なのは「精神の無力化」がヨーロッパ自身の精神的情況から由来しているところにある。ドイツでは、一九世紀前半に「ドイツ観念論の崩壊」とよばれる事象がおこった。しかし、ドイツ観念論は崩壊したのではない。一九世紀前半という時代がドイツ観念論の精神世界の偉大さに対処できる、そうした能力をもちつづけるのに足るだけの力強さをなくしたのである。こうして、現存在は深みのない平板な世界へと滑り込みはじめたのである。

それぞれがなんら奥行きをもって現われてこない、こうした平板な世界で幅を利かせるのは延長と数の次元である。そこでは、いつも同じで、どうでもよいものの夥しい事例が枚挙され、その数量が特有の質へと転換する。そして、どうでもよいものの平均が他を圧倒するようになる。このことはもはや、なんらさし障りもない不毛でしかないような、そのようなものではない。品位や精神的なものをことごとく攻撃して破壊し、それをまやかしであるといいふらす、そうしたものの殺到である。こうした事態はいかにも自由主義のアメリカやマルクス主義のロシアだけにおこっている事態のように思われるが、そうではない。両国の板挟みになっているヨーロッパでもこうした破壊的なデーモンのようなものがたち現われているのである。その徴候のひとつが、彼によれば、「精神」の誤解に基づく「精神の無力化」である。

精神についての決定的な誤解は、精神がたんに聡明なだけの知性（インテリゲンツ）とされたことである。なるほど、こうした知性は前もって与えられているものを考量・計算し、吟味したり、それに可能な修正を加えたり、不備を補って新しく組みたてたりすることには堪能である。しかしそうなると、精神はむしろ多様な事象を秩序づけたり解明したりすることに役だつひとつの道具の役割に下落する。そして、精神的活動はさまざまな分野へと分割され、精神的世界は、使用可能なさまざまな知識や価値を収納する文化領域として考えられるようになる。

しかし「精神」は決してそのようなものではない、とハイデッガーはいう。「精神とは存在の本質へとむかう気を、根源的に、起こさせる知的決意である」(Die Selbstbehauptung der deutchen Universitat)。それゆえ「全体としての存在者そのものについて問うこと、存在の問いを問うことは、精神をめざめさせるための本質的な根本条件の一つ」である(『形而上学入門』川原栄峰訳)。存在への問いは同時にまた歴史的現存在の根源的世界を開くための、そしてまた世界暗黒化の危険を制御するための本質的な根本の条件でもある。それだけではない。ハイデッガーにとっては、西洋の中心であるドイツ民族の歴史的使命を受命するための本質的で根本的な条件でもあるのである。

存在への問いはこうしてヨーロッパの運命と関連づけられて、存在とヨーロッパの精神的運命とがひとつのところにある境域で彼の思索は展開しはじめる。そして学長就任講演ではドイツ民族の精神的負託が、民族の活力を支え守護する精神的世界が、三五年の夏学期の講義ではアメリカとロシアの板ばさみになっているヨーロッパの運命が、とりわけドイツ民族の運命と使命が、前面におしでてくる。

ここには従来的な諸価値の虚無化や世界の暗黒化、そして人間的歴史の展望の喪失がむきだしになっている状態のさなかで、ドイツ民族の側からヨーロッパ精神のたて直しを図ろうとする彼の姿があった。その後、こうしたいくらか政治的色彩を帯びた「ドイツ民族」や「精神」は表舞台から消えていく。

しかし、存在とはたんなる言葉であってその意味はひとつの幻影なのか、それとも存在は西洋の運命となるのか、この問題はさらに深い層で思索され、存在の「明るみ」、「真理性」、「出来《しゅつらい》」を問う問題へとつらなっていく。そして彼の思索は存在の運命（Geschick）とそれを受命する民族共同体とがひとつに織り込まれている、そうした境域をめぐって展開するようになる。

ヘルダーリンの詩編はこうしたハイデッガーの境涯に、色濃く影を落としている。

おのれの命運をかけてニーチェとの対決を試みた、その時期に、ハイデッガーは一連のヘルダーリンの詩の解釈を行い、ヘルダーリンの聖なるものの境域に思索をめぐらしている。

ヘルダーリンは一八〇〇年の詩編「あたかも祝祭日に……」の一節で次のように詠じている。

されどいまや夜が明ける！　われは待ちこがれ、夜明けのおとずれをみた、
そしてわがみしもの、聖なるものこそわが言葉でなくてはならぬ。

この「いま」とはいつのことなのか。こう問うたあとで、ハイデッガーはこの「いま」は聖なるもののおとずれを、すなわち到来を名指している、というのである。

ヘルダーリンはこの詩句につづけて、「自然」は、

さまざまな時間よりも古く
そして西方や東方の神々をも超えている、
いまや自然は武器［号砲、筆者］の音響とともに目覚めた、
そして高みのエーテルから奈落の底にいたるまで、
確乎たる掟にのっとって、往昔のままに、聖なるカオスから生みだされ、
おのが新生を、霊気は、
万物を創りだす神気は、ふたたび感ずる。

とさらに詠じている。

夜明けのしじま（静寂）を、発砲の音響がきり裂いて邪気をはらい、聖化する。その時自然は目覚め、万物を創りだす神気は新生する。このくだりの詩句からハイデッガーは自然の本質が聖なるものであることを洞察する。しかもこの聖なるものはさまざまな時間よりも古く、神々をも超えている。それだけに、「聖なるものは、人間たちと神々について彼らが存在するかどうか、彼らが何ものであり、いかに、そしていつ、存在するのか、このことを原初的にあらかじめ決定づけている」、というのである（Erläuterungen zu Hölderlins Dichtung）。それにしてもこの聖なるものの到来はいつどのように告げられるのか。それは「いま」、詩人のよびかけの言葉によってである。このよびかけの言葉は恣意的なものではない。聖なるものが詩人に言葉を贈るからである。詩人のよびかけの言葉は聖なるものへの応答であり、「言葉は聖なるものの出来（Ereignis）である」。

こうして「ヘルダーリンの言葉は聖なるものを告げ、そのようにして神々と人類の将来すべき歴史の、その本質構造のために原初的な決定が起こる一回かぎりの時＝空間を名指している」

(op. cit.) とハイデッガーは指摘する。

しかもこうした洞察は存在の思索へと反照され、「存在」は「聖なるもの」の内実をすっかり受容して、「存在」は「聖なるもの」と読み替えてもいいような形で叙述されることになる。『ヒューマニズム書簡』(四六年) では次のようにいわれている。

存在者がはたして、そしていかように現われるのか、神や神々が、歴史や自然が、はたして、そしていかように存在の明るみへとたちいたり、臨在し離在するのか、このことを決定するのは人間ではない。存在者の到来は存在の運命に基づいている。

こうしてみると、ハイデッガーのいう出来事としての歴史は人間の側の自由な企てによって起こるのではない。彼によれば、人間はむしろ存在そのものから、存在の「真理」へと「投げられている」のであり、存在者が、それであるところの存在者として、存在の明るみのなかへたち現われるように存在の「真理」を護っているのである。存在者の到来は人間にははからい難い事象なのである。

ここではもはや「ひとごとでないおのれ自身の負い目ある存在にむかって、沈黙のうちに、不安を辞せずに、おのれを投企する」(『存在と時間』細谷訳)、こうした現存在の覚悟性は影をひそめて、「投企する」ことよりも「投げられている」ということが、個別的な現存在というよりは共同態としての現存在が、彼の思索の中心になってくる。こうした境涯では存在の真理（性）は存在の運命とそれを受命する歴史的民族とがかかわり合う場（Da）として、そしてこの開けた「場」が、歴史的民族がそのなかで、そこから、そのためにおのれを全うする歴史的世界として思索されることになる。

後年、ハイデッガーは古代ギリシアのミュトスに語られている最古の知恵をおのれの思索のなかにとり込んで、「世界」を四元体として再構成する。すなわち彼は「世界」を天空と大地、神的なるものたちと死すべきものたちの四元体として思索し、これらの四元のものがそれぞれの仕方で他のものたちを互いに反映し、反映し合うことによって「世界は世界する」というのである。そしてさらに彼はこの「世界が世界する」ということは他のものによって説明されたりも、他のものから基礎づけられたりもすることはできないというのである。そうであれば、われわれはこの「世界が世界する」ということを、事実そのものとして端的に受けとめるしかないわけである。

一時期ハイデッガーの「転回」が哲学史家たちによってとり沙汰されたことがあった。既刊の『存在と時間』からの筋道とそれ以後の筋道との間に何かしら違和感があり、両者が同じひとつの道筋にあるとは考え難かったからである。彼自身『ヒューマニズム書簡』でみずからおのれの思索の「転回」にふれ、この「転回」は、『存在と時間』の立場の変更ではないと明言するとともに、この「転回」において、むしろ『存在と時間』がそこから、しかも存在忘却の根本経験に基づいて、経験されているその次元の宿りへと、『存在と時間』で試みられた思索がはじめて到達するのだと語っている。してみれば、この「転回」は当初からもくろまれていたことになる。それなのにこの「転回」がある種の挫折感をもって語られるのはなぜなのか。いずれにしても既刊の『存在と時間』からの筋道とそれ以後の筋道の間にはひとつの断層がある。この断層をいかに考えるのか、これはハイデッガー哲学をどう解釈するのかの問題である。

ひとつの星にむかってつき進む、ただこれあるのみ。

これは四七年に書かれた『思索の経験から』の詩文の一節である。ハイデッガーの探究生活をやすみなく惹きつづけていたのは「存在への問い」である。彼は「存在」の水脈を古代ギリシアへと遡って探究し、そして古代ギリシアから二千数百年の曲折を経てドイツ民族のなかに、ひいてはヨーロッパ諸民族のなかに、受肉され、しかも思索されずにとどまっている、そうした「存在の運命」をひたすら思索しつづけたのである。そこには「ひとつの星にむかってつき進む」ひたむきな彼の姿があった。

しかし彼は結局のところ、歴史的現実を、そこから一定の距離をとって、ひとつの理念によって基礎づけようとするような体系的な思想家ではなかった。どこまでも途上の思索者であった。その意味で彼の遺した著作は、講義録をも含めて厖大なものであるが、それらはすべて「存在の思索」への道程を標示する道しるべでもあるわけである。

あとがき

本書は、わたしが昭和六十二年四月から平成二年三月まで静岡大学教育学部附属浜松中学校に併任として勤務した時期と、平成十四年四月から平成二十年三月まで放送大学の客員教授として静岡学習センターに勤務した時期に、小冊子に公表した雑文もしくは講演やセミナー等で述べたものを加筆・修正して、まとめたものである。

この二つの時期以外のものは、それぞれ独立に公表したものであり、これらの論稿に加筆修正したものを本書に収録した。

「人間、この病めるもの」は、池田隆正編著『道徳を問う――道徳教育の根本問題』（昭和五四年三月、北樹出版）の第二章として公表したものである。

「故郷とは――萩原朔太郎――」は、もともと静岡大学教育学部研究報告（人文・社会科学編）第三五号（一九八四年）に「帰郷とは何か――乏しき時代の漂泊の詩人・萩原朔太郎――」として公表したものであるが、この論稿をあらためて大幅に修正し、加筆したので、原題を変えて本書に収録することにした。

「この地に人はいかに住まうか」は、佐藤照雄先生退官記念会編『社会科地域学習の方法』(一九九〇年三月、明治図書)に「さまざまな場としての地域――この地に人はいかに住まうか――」と題して公表したものであるが、この論稿を加筆修正し、副題を主題に変更して収録した。

「イデオロギーについて」は、杉田・岡崎・輪田編著『現代の思想』(平成八年三月、金港堂)の第一章「イデオロギーの終焉」として公表したものであるが、加筆修正して「イデオロギーについて」として本書に収録した。なお、文末の参考文献は収録に際して一部を割愛した。

「わたしの履歴」は、静岡大学教育学部の通常講義の最後の時間に、最終の講義として行ったものでそれに若干加筆して収録した。

「ハイデッガーの足あと」は、拙著『思索と詩作――マルティン・ハイデッガーと萩原朔太郎に関する研究』(平成十三年三月)の第一章「思索の履歴・素描」として公表したものであるが、これに若干加筆し、修正して表題を「ハイデッガーの足あと」に改めて本書に再録した。

いずれも駄文ではあるけれども、これらの駄文の内奥には古き里への、断ち切ることのできない郷愁がある。

最後になってしまったが、本書出版に際して、静岡新聞編集局・出版部長の庄田達哉氏ならびに出版部の皆さんには多大なご尽力を頂いた。ここに感謝の意を表したいと思う。

平成二十九年七月

杉田　泰一

【著者紹介】

杉田泰一（すぎた・たいいち）

1937年静岡県生まれ。
東北大学大学院文学研究科博士課程中退。静岡大学助教授（教育学部）を経て教授。
1987〜90年　附属浜松中学校長
2001年　定年により退職。静岡大学名誉教授
2002〜08年　放送大学静岡学習センター長

ふるさとは近きにありて惟《おも》うもの
——杉田泰一文学論考・エッセイ集

2023年4月30日発行　　著　者　杉田泰一

発行者　向田翔一

発行所　株式会社 22 世紀アート
〒103-0007
東京都中央区日本橋浜町 3-23-1-5F
電話　03-5941-9774
Email: info@22art.net　ホームページ：www.22art.net

発売元　株式会社日興企画
〒104-0032
東京都中央区八丁堀 4-11-10 第 2SS ビル 6F
電話　03-6262-8127
Email: support@nikko-kikaku.com
ホームページ：https://nikko-kikaku.com/

印刷
製本　株式会社 PUBFUN

ISBN：978-4-88877-195-5